ラルーナ文庫

魔大公の生け贄花嫁

ウナミサクラ

三交社

CONTENTS

Illustration

天路ゆうつづ

魔大公の生け贄花嫁

本作品はフィクションです。
実際の人物・団体・事件などにはいっさい関係ありません。

序章　ハロウィンの夜に

人間の幸と不幸は、死ぬときには大体同じくらいになるらしい。

だとしたら、俺はこの先の人生、とんでもない幸福しかないはずだ。

それも、恋人ができて宝くじが当たって、札束のフロに入って外車を乗り回して、一生何不自由なく楽しく遊んで暮らせるってくらいのレベルの幸福。


そうでなくちゃ。

とても、釣り合いなんて取れない。


『残念ながら、今回はご期待に添えない結果となりました。

多数の企業の中から弊社を選び、ご応募頂きましたことを深謝するとともに、佐藤瑞希《さとうみずき》様の今後一層のご活躍をお祈り致します。』

……もう何通目のお祈りメールなのかな。数えるのも馬鹿らしくなる。

地元の高校を卒業してから、一度は就職した。小さな、ウォーターサーバーの販売会社だ。そして、同時に絵に描いたようなブラック企業だった。

キツいノルマと残業、ついでに言えば上司のパワハラで、俺は身体《からだ》を壊し、そこからようやく逃げ出したのは去年のこと。

それから、地元の工場でバイトをしたりして、なんとか生きてきた。健康も取り戻せた。けれども、再就職だけは、まだまだ難しい。

以前のようなブラックに勤めるのは勘弁だから、よくよく調べた優良企業だけに絞った分、競争率は跳ね上がる。当たり前の話だけれど。

俺みたいに、勉強だけはできたけど、他に資格もなくて、せいぜい自慢は真面目《まじめ》でお人好しってだけの人間じゃ、到底無理ってことのようだ。

しかも、なんていうか……外見が、どうも俺は頼りない。

背はそう低くもないのだが、鍛えても筋肉がつきにくい体質のせいで、ひょろひょろと細いし。肌は浅黒いわりに、健康そうって感じもしない。イカつい顔つきでもないし、なんていうか――「佐藤って、整った顔してんだけどさ、全体的に、幸薄そう」と、友人に評されたこともある。そして反論はできなかった。実際、幸薄い自覚もある。

「……はぁ」

ため息をついて、俺は図書館の返却ポストに、借りていた本をそっと入れた。

今回借りたのは、スペインを旅した紀行本だ。俺の貯金じゃ到底行かれないような、ヨーロッパとか、砂漠とか、そういう国の景色に憧《あこが》れる。だから、せめて本で読むのが好きだった。

この本も、実はもう借りるのは三回目だ。写真が多いし、文章も面白いから、つい何度も借りてしまっていた。

とはいえ、ちゃんと返却できてよかった。今日までだって忘れてて、うっかり延滞するとこだった。

それくらいいいじゃんって、言う人もいるけど。

これは、俺と、死んだ母さんとの、約束だから。

『約束は、決して破っちゃいけない。契約は、守らなくちゃいけない』

――優しくて頑張り屋だった母さんが、一番、俺に繰り返し言ってたことだ。

その言葉はもう、俺にすっかり染みついている。実際、どんな小さな約束でも、守れないとなんだか具合が悪くなるくらいだ。

とはいえ、そのクソ真面目さのせいで、ブラック企業にいたときは、よけいひどいことになった自覚はあるけど……。

だけど、今更、性質を変えるなんてできない。なにより、母さんの言うことが、間違ってるなんて思いたくなかった。

「……よし、行くか」

小さく呟《つぶや》いて、俺は自転車にまたがると、ゆっくりとこぎ出した。

夜にこぐ自転車は、ライトのせいでペダルが重い。ジーッジーッというモーター音を聞きながら、涼しい夜気を切るようにして、俺は図書館前の坂道を下っていった。

その途中。

「トリック・オア・トリート！」

……聞きかじりらしい英語を舌っ足らずに口にして、魔女やら忍者やらの妙な仮装をした子供たちが、親らしき大人に連れられている一団とすれ違う。

そういえば、今日はハロウィンだったか。

渋谷《しぶや》とかの繁華街ならともかく、こんな下町にまで浸透しているとは思わなかった。

子供たちが手に持つ袋には、骸骨《がいこつ》やコウモリが、可愛《かわい》らしくデフォルメされて描かれている。それを目にして、俺は半ば無意識に、チッと舌打ちを鳴らしていた。

どうしようもなく。

イライラ、した。

俺が住むのは、多摩川《たまがわ》沿いの小さな街。

川を渡ればすぐに神奈川。空港が近くて、小さな町工場が多くて、幹線道路から一歩入れば、狭くて細くてごみごみと入り組んでいる。そんなとこだ。

この街で生まれて、ずっと育ってきた。

ちっさなアパートで、親子三人暮らし。じいちゃんやばあちゃんみたいな親戚《しんせき》はいない。それで。親父《おやじ》が失踪《しっそう》したのは、小学生になってすぐだった。

俺が生まれたときから、親父は怪しげな研究にのめり込んでいた。

小さな部屋には不釣り合いなでかさの本棚には、びっちりと怪しげな古い本が並んでいたし、イモリの黒焼きだの、妙な目玉だの、オカルト好きならたまらないようなものに囲まれて、俺は育った。

親父は起きてるときから夢見てるみたいな人で、ぶつぶついつも何か呟いてるし、俺は怖くてたまらなかった。もう外見はとくに覚えてないけど、がさがさの、骨張った手指だけが、妙に印象に残っている。その指は、いつでも怪しげな本のページをめくってた。

そんなわけで、ろくに働いてもいなかったし、親父が出ていったときには、なんだかむしろほっとした。助かったって思ったくらいだ。

だけど、そんな親父でも、母さんは愛していたらしい。

一度も、母さんは親父を悪く言わなかった。働いて働いて、病気で倒れて、死んでしまうまで。

中学一年の、夏だった。部活で学校にいると、近所のおばさんが、俺を呼びに来た。

帰り着いたときには、もう、……間に合わなかった。

そのときから、俺は、天涯孤独になって。

あとは、区内の児童養護施設の一つに引き取られて育った。


施設での生活は、漫画とかみたいに、つらかったりはしなかった。

むしろ、すごく大切にしてもらったと思う。

俺のいた施設は、キリスト教系の教団が運営していて、教会の一部が俺たちの家だった。

そこでは教団の牧師である五十嶋《いそじま》先生が、俺たちの面倒を主に見てくれて、高校にだって、通わせてくれた。

――不運ばっかの人生に、俺が絶望しないでいられたのは、本当に、五十嶋先生のおかげだと思う。

五十嶋先生は、北欧系の血も混ざってるから、背が高くて、色が白くて、日本人ぽくない外見の人だった。茶褐色のウェーブヘアが特徴的で、いつもにこやかに、目を細めている。優しい声で、俺たちを呼んでくれる。俺の、大好きな、人。

今でも覚えてる。

たしか、小学二年生くらいのときだった。学校でケンカして、足を捻挫《ねんざ》した俺を、牧師先生は学校まで迎えに来てくれたんだ。

先生は俺を背負って、教会まで、ゆっくり歩いて帰った。

ケンカしたことを叱《しか》られるかなってびくびくしてたけど、先生は、理由をただ尋ねてきたんだ。

「お友達に手をあげるのは感心しませんが、一体、何があったんですか？」

「……国語の作文で、将来の夢って、書いたんだ。俺、サッカー選手になりたいって書いたんだけど、……竹田が、施設の子なんて、サッカー選手になれないって、言うから……口惜しくって……」

俺はそこで、悔しさがまた腹の底からぶり返してきて、喉《のど》をつまらせて言葉を切った。

そんな俺を、軽く揺すり上げて背負い直すと、先生は優しく。

「そうか。それは、竹田くんが間違ってるなぁ」

「先生も、そう思う!?」

「思うよ。サッカー選手になれるかどうかは、どこで育つかじゃなくて、どう努力するか、だからね」

「……うん！　俺、頑張るから！」

頭ごなしに叱らずに、俺の夢を肯定してくれたことが嬉《うれ》しくて、俺はぎゅっと先生の首にしがみついた。

「苦しいよ、瑞希」

先生はそう言って笑った。それから。

「ただ、ひとつ、覚えておきなさい。サッカー選手になれても、なれなくても、瑞希は私と神様にとって、大切な大切な子供なんだよ。世界でたったひとりのね。だから、私は君が傷つくことが、とてもつらいんだ。……わかるね？」

「……はい」

「じゃあ、あまり乱暴なことをして、ケガしたりしないでくれよ。先生と、約束できるね？」

「わかった。俺、気をつける。……えっと、約束します！」

「うん。よかった」

大切な子供。

特別な子供。

五十嶋先生は、いつも俺にそう言ってくれた。

その言葉が、両親を失った幼い俺にとって、どれだけ救いだったか……言うまでもないことだ。


実際には、俺はサッカー選手にはなれなかったし、到底特別な存在でもない。

でも、それでも。ギリギリ、自暴自棄にならないで、踏ん張っていられるのは。

かつて五十嶋先生にもらった、「大切な子供」という、温かい言葉のおかげなんだ。


「さて、と……」

教会の裏手の駐車場スペースに、俺は自転車を停めた。

今夜、バイト後に立ち寄るように、先生と約束していたのだ。

高校を卒業してからは、一応、安いアパートを借りて自立した。だから、この教会に来るのも、実はちょっと久しぶりだった。

ハロウィンの夜であっても、教会は静かだ。おかしな風習に巻き込まれていないことに、心底ほっとする。

うちの教会はちょっと変わっていて、プロテスタントやカトリックとも、少し違う。ドルド騎士団っていう団体だ。だからか、クリスマスにも、たいしたお祝いはしない。いつも粛々と聖書を読んで、あとはひたすら瞑想《めいそう》をする。

その聖書の内容も、ちょっと違うらしいってことを、俺は高校生になってから知った。たまたま、クリスチャンの同級生がいて、奴に指摘されたのだ。

まぁもっとも、仏教も宗派によってお経はいろいろだっていうから、同じことなんだろうな。

青い屋根に飾られた、丸い円に囲まれた十字架のシンボル。白い壁と、古めかしい鎧戸《よろいど》の窓。小さい頃から、ちっとも変わってない。俺の育った場所。

先生は、どこにいるんだろう。この時間なら、まだ礼拝堂かな？　とりあえず、そっちに行ってみよう。せっかくだから、久々に俺もお祈りしたいし。

教会で育ったとはいえ、入信するかどうかは自由意志だったから、俺は洗礼は受けてない。でも、たまには、お祈りはする。なんていうか、習慣って感じだ。

駐車場から、礼拝堂の入り口はすぐだ。背丈の高い木造の両開きのドアは、屋根と同じ青色に塗られている。ドアノブに手をかけると、するりと軽く開いた。やっぱり、まだ先生は礼拝堂にいるんだな。

「五十嶋先生、遅くなってごめんなさい」

そう言いながら、ドアを開く。礼拝堂は、蠟燭《ろうそく》の明かりだけを使うから、昼でも薄暗い。

夜ともなれば、なおさらだ。だから、小さい頃は怖かったな。今じゃへっちゃらだけど。

「先生……？」

でも。

その夜は、いつもよりずっと、礼拝堂は暗かった。

闇夜《やみよ》よりも、さらにずっと、ただ、ただ、塗りつぶされたように昏《くら》い。

ただ、蠟燭の明かりが、一つだけ。ぽつんと。

だがそれすらも、ひどく頼りなく、障子越しみたいに淡い光に感じた。

……いや、違う。

光が弱いんじゃ、ない。

俺の目が、曇って、る？

「あ……れ……？」

目が、まわる。

強烈な眠気にも似た怠《だる》さと目眩《めまい》が、両手で俺の頭を摑《つか》んで、ぐるぐると乱暴に振り回してくるみたいだった。

とても立ってられない。やばい。なんだこれ。

膝《ひざ》をついて、気づく。息も、苦しい。え？　え？　これ、発作とか、そういうの、か？

光が、どんどん、弱くなる。

闇ばかりが、深くなる。

俺の意識は——そこで、途切れた。


「…………うまくいった……か……？」

そう呟いて、見下ろす男も。

いつの間にか俺の足下に描かれていた、不気味などす黒い魔法陣のことも。

——もう、俺には知るよしもなかった。

第一章　魔大公の生け贄

……暑い。

じわじわと蒸し暑くて……なんだか、夏に逆戻りしたみたいだ。

喉、渇いた……し、起きる、か……。

「…………え？」

目を覚まして、俺は、しばらくはまったく現状を理解することができなかった。

「なん、だ……？　ここ……、どこ……？」

空が、赤い。といっても、夕焼けのような赤さじゃない。もっと、どす黒いような、どろりとした赤い色をしていた。

俺が寝ていた岩も、空と同じ、赤い色をしている。岩の表面はカラカラに乾いていて、手で触れるとパラパラとそこから砕けていく。

上半身を起こして、あたりを、ぐるりと見渡してみる。

俺は、砂地の真ん中にある、ちょうど車くらいの高さと大きさの岩の上に寝ていたらしい。ぐるりとそれをとりまく砂地の向こうには、黒一色で塗りつぶしたような森が広がっている。それから、その向こうに、やはり黒い建物らしきものがあった。

建物らしき、っていうのは、それが俺の知っている建物のどれとも違うからだ。見たこともない……いや、でも、どこかで見たような……。

混乱しているせいで、思い出せない。よくわからない。

高い尖塔《せんとう》が、いくつも赤い空に向かって伸びている。その根元は一つの屋根でつながっているのかどうなのか、ここからはよくわからない。ただ、その建物は、まるで生き物みたいに柔らかな曲線を描いていて、その表面では何かが絡み合っているような、そんな感じがした。

なんだっけ……ガウディだ。カサ・ミラ。さっき返した本に載ってた、スペインのバルセロナにある建物。あれを、なんだか思い出させる。でも、あれよりもたぶん、ずっとずっと、途方もなく大きそうだった。

じゃあ、ここはスペイン？　……いや、そんなわけがない。

それに、俺の記憶の中で、もうひとつ……ひっかかることがあった。

この景色を、俺は、見たことがある気がする。

どこでだか……なんなのかは、さっぱりわからないけど……。

両手で顔を撫《な》でると、先ほどの砂粒が手の平に残っていたのか、ざりりと痛い。その不快な感触が、これが夢じゃないと容赦なく俺に告げてくる。

さっきまで、何してた？

バイト帰り……図書館に寄って。それから、自転車で、……教会に行って……。そうだ。

五十嶋先生は？　礼拝堂は？　どこに行っちゃったんだ？

服装は、変わってない。無地の紺のTシャツに、ジーンズを穿《は》いて。グレイのパーカーを羽織ってる。どこにもほころびはないし、ケガもしていないようだった。

「……先生……」

途方に暮れて、そう呟いたときだった。

「お前が、ニンゲンか」

甲高い声が不意に響き、俺はびくんと全身を痙攣《けいれん》させた。

「誰《だれ》だ!?」

「ニンゲンだな！」

再度、声がする。

たしかに、人間なのは間違っちゃいないけど、そんなふうに呼ばれたのは初めてだ。

というか、そう俺を区別するということは、ここには『人間以外』が存在するってことじゃないか。……野生動物とか？　熊、みたいな？

「そうだよ、人間だ！　お前は、誰だ？」

とにかく、助けてほしい。このわけのわからない状況から、少しでもいいから！

藁《わら》にもすがる思いで返事した途端、ひょいと、岩の上に飛び乗ってきたものがいた。

うん……「もの」だ。

少なくとも、明確に、「ニンゲン」じゃない。

まず、小さい。背丈は俺の膝くらいまでしかない。頭はでかいのに、手足だけは妙にひょろ長いのがアンバランスだ。薄汚れた褐色の肌に、ボロボロの腰布を巻いている。目と耳はやたらに大きくて、警戒心もあらわに、始終落ち着きなく動いていた。

たしか、魔法学園の映画で、こんな妙な妖精がいた気がする。正直……かなり、気持ち悪い。

「来い！　大公様が、呼んでる！」

「大公様……？」

今の日本で、大公なんて呼ばれる人、いたか？

そもそもここが日本かどうか、今は怪しいけれども……。

「来い!!」

ぐいっと腕を引かれて、あまりの強さに「わっ！」と思わず声が出た。

身体は小さいくせに、びっくりするほど力はあるみたいだ。

驚く俺に、ヒヒッと謎《なぞ》の生き物は牙《きば》を覗《のぞ》かせて笑った。その笑い方も、なんだか底意地が悪そうで、ぞっとする。

「……わかったよ。行けばいいんだろ」

とりあえず、腕は放してほしい。隙《すき》を見て逃げるにせよ、このままじゃどうにもならない。

「来い！　早く！　早く！」

俺の腕から手を離すと、ぴょんっと岩を飛び下りる。重力がないみたいな身軽さは、昆虫が跳ねてるみたいだ。

俺はというと、慎重に両手足を使って、なんとか地面に降り立った。

「遅い！　早く！」

相変わらず奴は地面の上でいらだたしげに跳ね回っては、周囲をきょろきょろと見回し、耳をすませている。

怯《おび》えているのだろうか。でも、何に？

「早く！」

「はいはい」

再度繰り返す奴の後ろをついて、俺は歩き出した。

乾いた砂地に、俺のスニーカーの靴跡が残っていく。しばらくすると、あの黒い森の入り口にまで辿《たど》り着いた。日差しが遮られる分、さっきの場所よりは暑さが和らぐ。滲《にじ》んでいた汗を、俺は手の甲で拭《ぬぐ》うと、ふぅと息をついた。

「こっち！」

行き先は、森の奥らしい。歩けないこともないようだけど……。

「……？　なんだ？」

森の奥から、何か聞こえる。

うめき声？

苦しげな……悲しそうな……。

「オイ！」

立ち止まった俺を、奴が咎《とが》める。だけど、俺は動けなかった。

視線の先。なぜか幹までも黒い木々の合間から見えたのは、白い、ゆらゆらと揺れる影たち。

一つじゃない。二つ、三つ。……五つ？　いや、それ以上だろうか。

それらは混じり合い、また離れ、ぼんやりとしていて輪郭が判然としない。

あえて言うなら、幽霊という言葉が、一番しっくりくるようだった。

――幽霊。

その言葉に、ぞっと背筋が震える。

もしかして、ここは、……死者の場所ってことなんだろうか？

「行くぞ！」

後ろに回り込んで追い立てられ、俺はまた仕方なく、半ばつんのめるようにして足を前に動かした。

黒い落ち葉が何層にも重なってできあがった地面は、ふわふわと柔らかく、そしてやはり黒い。そんな中で、あの白い幽霊たちが、どうしたってちらちらと目についた。

「なぁ……あれは、なんなんだ？　幽霊、とか？」

しばらく歩いて、俺はたまらず、奴に問いかけた。

教えてくれるかは期待薄でも、俺の中で疑問が膨らみすぎて、口にせずにはいられなかったんだ。

「亡者だ」

「亡者？」

やっぱり、幽霊みたいなもんじゃないか。

ってことは、ここは……。

「……俺も、亡者なのか？」

いつの間に、死んだんだろう。全然気づかなかった。

あの、礼拝堂に入ったところ？

――なんか、おかしな感じだ。

ショックはショックだけど……妙に、納得してる。

ああ、死んじゃったのか、って。

どうせ不運だらけの人生だ。せめて苦しまなかったことくらいは、幸運ってやつなんだろうな、って。

五十嶋先生、驚いただろうな……。

……なんて、俺が感傷に浸っていると。

「違う。お前は、ニンゲン」

あっさりと、奴は俺にそう言った。

「……違う？　亡者じゃ、ないってことか？　あ、それとも、あいつらは人間の死後の姿じゃないってことか？」

思わずそうたたみかけると、いきなり奴は面倒になったらしい。ぎょろりとした目で俺を一瞥《いちべつ》した後は、また、「急げ！」と繰り返して歩き出してしまった。

昏い森の中を進む。そのうち、足下の感触が変わってきたことに気づいた。

柔らかな落ち葉の層が、徐々に、堅さを帯びていく。あたりの木々が互いに絡みつき、黒い壁を作り出していく。

——そうして、いつの間にか、俺たちは石造りの床と黒い壁で囲まれた、廊下を歩いていた。

壁の数カ所から、白い手の形の燭台が突き出し、ほのかに光る蠟燭を摑んでいる。頼りない明かりでは、この廊下の天井までは遠く見通せない。ただただ、昏い闇だ。

ここはたぶん、あの岩の上から見た、奇怪な城の中なんだろう。

でも、外から見るよりも、中はさらにもっと、奇妙な感じだった。

「なぁ。ここに、その……大公とかいうのがいるのか？」

「大公様だ！」

「あ、ああ。うん。大公様、な」

そこは訂正するんだな。一応あわせておこう。

「大公様は、この魔界の実力者なのだぞ！」

「……魔界？」

俺は、立ち止まった。

魔界、だって？　なんだそりゃ。要するに、地獄ってことか。

けど、地獄に行くほどひどい生き方はしてこなかったつもりなんだけどな。

正直、……ショックだ。

「それで……なんで俺は、その、大公様に会わないといけないんだ？」

「大公様が、お望みなのだ！　ニンゲンは、美味《うま》いというからな。……たしかに、美味そうだ」

じゅるり、と。長い舌で舌なめずりをして、奴は俺をねめつけてきた。邪悪な目つきに、ぞぞっと、また背筋が寒くなる。

……ようやくわかった。俺は死んで、地獄に落ちて、それで……ここのボスみたいな奴に、食われるってことか。

「…………」

手足が、改めて震えてきた。ぞっとするなんてもんじゃない。……怖すぎる。

しかもその場所まで、自分で歩いて行かなきゃいけないなんて。どんな拷問だよ。

「どうした？　ニンゲン」

奴の目が、怪しげに光る。

くそう。どうしてこんなとこ、のこのこついてきたりしたんだ。俺のバカ野郎！

他に何も思いつかなかったからって、こんな……。

……そうか。食われたら、あの、例の白い存在になるのかもな。それで、ずっと、あんなふうに哀れな声をあげてさまようんだろう。

「……畜生……」

なんで、なんでこんな。

死んでまでこんな目にあうほど、俺はろくでなしだったのか？

一生懸命生きてきたつもりなのに。なんだって。

情けなくて、怖くて、涙が滲む。泣いてる場合じゃないのは頭ではわかっているのに。

そんな俺を、にやにやと性悪な笑みを浮かべて、醜悪な妖精はじっと見つめていた。

先ほどまでみたいに、無闇にせかしたりもせずに。ただ、じっと。

「いいな……ニンゲンを見るのは初めてだけど……本当に……なるほど、美味そうだ」

そう呟く奴の息づかいが、荒くなっている。獣のように、ハアハアと涎《よだれ》を垂らして。

その大きな目に宿るのは、あきらかな、『欲望』のギラついた光だった。

「お、前……」

じりじりと、数歩後ずさる。けれども、奴は身軽に、ひょいとその差を一気に縮めてきた。

こいつの俊敏さは、もうわかってる。簡単になんて、逃げ切れない。しかも、力も強いのだ。ねじ伏せられたら、到底敵《かな》わない。

「なぁ……ニンゲン……。ちょっと、味見させてくれよ……。少しでいい……その、指とか……。うん、目玉の一つでいいんだ、ナァ……」

ヒヒヒッと、奴が、笑う。醜く顔を歪《ゆが》ませて。

枯れ木のように細い腕が、ゆっくりと、俺に伸びてくる。

「……五十嶋先生……っ！」

無駄なことなんてわかっていても、俺は思わずそう叫んだ。

こんなときに助けを求めたくなる相手なんて、俺にはあの人しかいないから。

目をぎゅってつぶって、痛みを覚悟する。

けれども——。

「ギ？　——ぎぃぃぃッ!!」

絶叫が耳をつんざき、足がよろける。尻餅《しりもち》をついて、おそるおそる目を開けると……そこにはもう、あの醜い妖精の姿はどこにもなかった。

ただ、焦げついた跡が床に残っているだけだ。それと、なんともいえない、胸がむかつくような匂《にお》い。

助かった……の、か？

いや、でも、何が……？

「……カスが」

吐き捨てるように呟いた声は、先ほどの妖精の、甲高い、不愉快な声とはまるで違った。低く掠《かす》れて、でも、どこか甘いような響きを持つ、不思議な声だ。

その方向に顔を向け、俺は、――絶句した。

燃えるような赤い鬣《たてがみ》。そして、その髪以上に輝く、金色の双眸《そうぼう》。

髪から覗く耳は上部分が尖《とが》っていて、人のそれとはあきらかに違う。

身につけているスタンドカラーの黒いロングコートは、マントのように裾《すそ》が長く、彼の存在自体が闇に溶けていくように見えた。

そして……美形、だ。なんだか、ミステリアスな人形のような。

その姿を。その特徴を、俺は、知っていた。不意に、思い出した。

「……セエレ……」

「……ほう。我が名を知るか、人間」

ニヤリと笑ったその口元には、鋭い牙がちらりと見えていた。

魔界の君主。セエレ。

その名前や、特徴。そして、彼が治める、赤い空に黒い森の魔界と、彼の住む黒い城の

こと――。

今の今まで、すっかり忘れていた。いや、忘れようと、していた。

なぜならその知識を手に入れたのは、俺がもっと幼い頃。父親の持っている本に書いてあったことだったからだ。

親父はたまに、ぽつぽつと、その内容について話してくれていた。悪魔とか、魔界とか……とても正気じゃないことだったから、今の今まで、思い出しもしなかったんだ。

あの既視感は、そのせいで。

それじゃあ、ここは本当に魔界で……そして、親父が研究していたものだって、ことか？


「名を知っているとは、面倒だな！」

言葉のわりに楽しそうに笑い飛ばしたのは、セエレのそばに控える、筋骨隆々とした男だった。セエレより背は低いが、体格は彼のほうが大きい。短く刈った金髪と、日に焼けた肌、がっしりした顎《あご》と首が、こちらはいかにも猛々《たけだけ》しい印象だった。

派手な赤や金のエキゾチックな刺繍《ししゅう》の入った、丈の長い上着を羽織っている他は、下はほとんど裸に見える。だがそれも、肉体の逞《たくま》しさを強調している感じだった。

「これでは一方的に操れん。さて、どうする？」

にやにやと楽しげに男は尋ねるけれど、セエレは無表情のまま。

「別に、どうとも。ここは我が城、我が手の中だ。さて……お前。名は？」

「……」

魔物が『名前』にこだわる理由も、俺は知っていた。

魔物と契約するために必要なのは、呼び出すための魔法陣と、対価の生け贄《いにえ》。それと、その『名前』だ。

『名前』を知るということは、相手を使役するために必要な条件。それが、悪魔のルールなのだ。

だから、奴も今、俺の名前を知ろうとしている。

……どうしよう。

答えていいのか？　本当のことを……。けど……。

「素直に答えたほうが、身のためだぞ」

「……ミズキ」

ためらいはあったけれども、俺は素直に名前を言った。

「嘘《うそ》ではないようだぞ」

金髪の男のほうが言う。どうやらこっちは、隠し事を暴く能力があるようだった。

迷ったけど、本当のことを答えて良かったらしい。

まぁ、この期に及んで、何が最善かなんて、もうわかりゃしないけど……。

「しかしこりゃあ、なかなかに『アタリ』だな。美味そうな匂いがプンプンしてるぜ。

——そそるなぁ」

金髪の男が、舌なめずりをする。粘っこい視線に、ぞっとする。

だが、それについてはとくに何も言わず、セエレは俺に向かって、つい、と長い人差し指を動かして誘った。

「では、ミズキ。……来い」

途端に、意思とは半ば無関係に、俺の両足は動き出していた。

「マルバス。ここはもういい。ビトリにも、そう伝えろ」

「えー」

「マルバス」

不服そうな金髪の男……マルバスは、もう一度ぴしゃりと名前を告げられ、肩をすくめる。

「わかったよ。じゃあ、また後でな。ミズキ」

含みをもたせた言い方をして、ちらりと俺を一瞥すると、その場から風のようにマルバスは消え去った。

手品や奇術じゃない。本当に、消えた。

「…………」

俺は、さっきの床の焼け焦げた跡を見る。

きっと、これも本当に。あの小悪魔は、一瞬で、セエレに焼き尽くされたんだ。

なんのためらいも、造作もなく。

燃えかすの不快な匂いが、鼻についた。……心底、恐ろしさに寒気がする。

「ミズキ」

名前を呼ばれ、びくりと肩が震えた。

恐怖を隠せずにいる俺を見下ろして、セエレは満足げに微笑《ほほえ》んだ。


……曖昧《あいまい》な記憶をたどれば。

セエレは、二十六の軍団を率いる、魔界の大公爵だ。故に、大公セエレとも呼ばれる。

魔界は、地獄とは少し違う。悪魔たちが亡者を使役し、その魂を喰《く》らい生きる世界だ。

だから、死後の世界というのはたしかだ。でも、あの小悪魔は言っていた。……俺は、違うと。亡者ではなく、人間だ、と。

一体、どういうことなんだ？

さすがに、そこまでの知識は、俺にはなかった。


黒い廊下を進んでいく。薄暗いせいか、恐怖のせいか、壁や床はまるで生き物のように、時折蠢《うごめ》いているように見えた。

そして、時折聞こえる、亡者たちのすすり泣く声と悲痛な悲鳴。

……吐き気がしそうだ。

「入れ」

廊下の一角に、四角く切り取られたように穴が開いていた。その向こうに、またかすかな明かりが揺らめいている。だが、どうなっているのか、ほとんどここからは見通せない。

おそるおそる、足を進める。……とりあえず、落とし穴にはなってないようだ。

背後でセエレが指を鳴らすなり、先ほどよりいくらか周囲が明るくなった。

「……え？」

そこは、室内だった。もっと正しくいえば、寝室とか、古い高級ホテルの部屋。そういう印象だった。壁は相変わらず黒いが、床は顔が映るほど磨かれた乳白色の石だった。大理石とか、そういうのかもしれない。その床の上に、漆黒の家具が置かれている。

一番目をひくのは、黒い天蓋《てんがい》付きのベッドだ。四隅にはギリシャの神殿みたいな柱が立ち、ベッドの上を覆う天井を支えている。その天井からは、濃い臙脂色《えんじいろ》の分厚いカーテンがゆるやかなドレープを描いて下がっていた。その下のベッドは、たぶんダブルベッドだろう。その上に置かれた寝具もクッションも、いずれも黒に統一されている。

ドラゴンがデザインされた明かりの下には、黒の革張りのソファ。その脇《わき》には、繊細な彫刻が施された書き物机と椅子《いす》もあった。机の上では、蠟燭の明かりが揺らめいている。

壁に置かれた飾り棚には、古い本や、ぼんやりと発光する謎の瓶、ゴブレットが並んでいて。巨大な暖炉では、薄緑色の火がかすかに燃えていた。

なんともいえない、奇妙な部屋だった。

確実に言えることはひとつだけ。――俺のアパートの部屋より、広いし豪華だ。

「ここを使うといい」

「…………」

使うって、どういうことだ？

てっきり、今すぐ食われると思ったのに。これじゃ、客人みたいな扱いじゃないか。

「どうした？　気に入らなかったか」

「違う……けど。わけが、わからなく、て……」

「そうか。その様子じゃ、何も知らされていないようだな。まぁ……当然か？」

セエレがソファに座る。その動きも、なんだかモデルみたいに優雅で、思わず目で追ってしまう。

……『魔物は人を魅了する存在』。そう聞いたことがあるけど、本当にそんな感じだ。近くに立っていると、なんだか甘い良い匂いもする。

それが、罠《わな》なんだろうけど。

「教えてやろうか。なぜ、お前がここにいるのか。そして、どうなるのか」

「…………」

ごくりと俺は唾《つば》を飲んだ。

知りたいに決まっている。ただ、それをただの親切心で奴が教えるとは思えない。それに……。

「どうした？　知りたくないのか」

再度尋ねられ、俺は素直に答える。

「あんたが真実を言うとは限らない」

その途端、セエレは楽しげに声をあげて笑った。

「確かにそうだ。なるほど、黒魔術師に縁があるだけあるな。魔物に対する心得はあるか」

縁……なんて。別に欲しかったわけじゃないけどな。

ただ、まったく何も知らないわけじゃない。

「セエレが、真実を話すなら、教えてほしい」

「……」

名前を呼んで頼むことならば、悪魔は無下にできない。そういうものだ。

もっとも、それでも人間の言うことを聞く可能性なんて、ほんの気まぐれ程度にしかないけれども……。

「真実なんてもの、たいした価値はない。事実を話すぞ」

セエレはそう前置きをして、気怠げにソファに背中を預けて長い足を組んだ。

「ミズキ。お前が我が魔界に墜《お》ちたのは、とある契約によってだ。我が力を欲する黒魔術師から、お前は、生け贄として捧げられた」

「生け……贄……？」

信じられない単語を耳にして、俺はただ、それをバカみたいに繰り返す他できなかった。

「魔界に墜ちるのは、亡者のみ。生きたままの人間は、俺たちにとってはご馳走《ちそう》だ。生け贄として、悪くはない。しかし……」

「………」

立ち尽くす俺を値踏みするように、セエレの視線が俺の全身を這《は》い回る。まるで直接触れられているかのような感覚に、ぞくりと肌が粟立《あわだ》った。

「お前は、特別だ」

――特別。

五十嶋先生も、よく俺にそう言ってくれた。

あれは俺にとって大切な支えの言葉だったけれども、セエレのは、違う。

嫌な予感しかしない。

「お前の内側には、強い魔力がある。正直、人間としては桁外《けたはず》れだ。そのような魔力を秘めた魂を喰らえば、俺は己の力をさらに高めることができる。……実に、魅力的だ」

長い舌先で唇を舐《な》め、セエレは目を細めた。

褒められている気は、まったくしないけれども。

「それで、これから俺を喰うってわけか」

そして、契約は成立する。

俺を生け贄にした誰かは、その望みを叶《かな》えるってわけだ。

絶望と悔しさに、胸がムカムカする。

「いや……まだだ」

セエレが立ち上がる。

思わず後ずさる俺を、悠々と追い詰めて、俺の頬《ほお》を長い指先の背が撫で上げた。

その指は、予想外の熱さを秘めていた。魔物なのだから、もっと冷たいものだとばかり思っていたのに。

「まだ、お前の魔力は解放されていない。お前の中で、殻に閉ざされている。それを、解放してからだ」

「解放……？」

「ああ。お前が真に絶望し、堕落したとき……お前の魔力が、お前の心を食い破る。喰らうのは、――それからだ」

セエレの金色の瞳が、燃え上がるように光った。

それを見た瞬間、手足が痺《しび》れたようで、俺は動けなくなる。

ヘビに睨《にら》まれたカエルってのは、こんな感じなんだろうか。

そんな俺を軽々と抱き上げ、セエレはソファに座らせた。

「さて、いつまで保《も》つか……。せっかくの暇つぶしだ。楽しませてくれよ」

セエレが指を鳴らす。

すると、途端に、小悪魔が姿を現した。

……最初に出会ったのと似ているけど、違う奴みたいだ。よく見ると、目の色が違う。

「お呼びですか、セエレ様」

「酒と肴《さかな》を。たっぷりな」

「かしこまりました」

深くお辞儀《じぎ》をすると、小悪魔はまた、現れたときと同じように、唐突に姿を消した。

廊下から出入りすればいいのにと思ったが、よく見ると、セエレの向こうにあったはずの出入り口は、すでに影も形もなくなっている。ただ、黒い壁があるだけだ。

単なる目くらましだろうか？　それとも、……本当に、この部屋にはもう、出口などないということか？

困惑する俺を察したのか、セエレが言う。

「この城は、俺の魔力の一部だからな。内部にあるものはすべて、俺の一存でどうとでもなる、ということだ」

そう言うなり、傍らにあった椅子がぐにゃりと曲がり、その場から溶けるようにして消えてなくなる。

何がなんだかわからない、妙な手品を見せられているような気分だ。

「つまり……逃げようなどとは、考えるだけ無駄、ということだ」

たしかに、そういうことなんだろう。

でも……奴は言った。

俺が絶望し、堕落しない限り、喰わない、と。

ということは、まだ、希望はわずかにある。俺が心さえ強くもてれば、それだけ、猶予は延びるということだ。

それなら……少しでも、諦《あきら》めない。諦めたくない。

たしかに俺は不幸だったけど、でも、だからといって何もかも投げ出したいわけじゃなかった。

まだ、五十嶋先生に、俺は恩返しもしていない。ちゃんと立派な、『特別な大人』になって、あの言葉は本当でしたって、伝えたいんだ。

だから……。

「ミズキ。用意ができたぞ」

セエレの言葉に、俺は顔をあげた。

ふわんと、途端にえも言われぬ芳香が鼻をくすぐる。

上質な肉の焼けた匂い。ニンニクやバター、それに黒こしょうやスパイスの混じり合った、魅力的すぎる香り。

まるで、唐揚げやら餃子《ギョーザ》専門店とか、イタリアンレストランの前を、空腹時に通ったような感じ……って、我ながら表現が貧困だけど、まさにそんなふうだった。

「亡者は食事をしないが、お前はまだ生きているからな。さぁ、空腹を満たすがいい」

いつの間にかテーブルの上にはご馳走がところ狭しと並んでいる。とろりとしたチーズのかかったハンバーグ。シャキシャキした野菜のサラダ。何か肉やら野菜を揚げたもの。温かい湯気をたてるシチュー。そのほか、いろいろ……。

見た目的には、完全に豪勢なご馳走。だけど。

「…………」

飛びつきたい気持ちをぐっとこらえて、俺は注意深く食べ物を観察した。

実際は、とんでもないゲテモノやら毒かもしれない。

「食わないのか？　大丈夫だぞ、人間が食べられるものにさせたからな」

そう言うと、セエレはステーキの一片をフォークで突き刺すと、口に入れた。したたる肉汁と脂が、猛烈に美味そうだ。

「……うん、美味だ。うちのコックは優秀だぞ」

そう目を細めるセエレは、まるきりただの親切な美男子だ。

でも……いや……けど……。

心は揺らぐ。なのに、限界まできている空腹が、ただでさえ少し痺れた感じが残っている手足を勝手に動かしてしまう。

「……そう。良い子だ」

「本当に……毒とかじゃ、ない、な……？」

「ああ。約束しよう」

おそるおそる、フォークを手にして……ステーキを一口、食べた。

「…………っ」

美味い。息をのむほど、美味かった。

こんなに美味いもの、生まれて初めて食べた。

「食べ物だけじゃない。ほら」

差し出されたゴブレットには、なみなみと金色の液体が注がれていた。

繊細な銀の細工で飾られたそれに、よく似合う、甘い香りのする飲み物だ。

「…………」

半ば催眠術にでもかかったように、俺はそれにも口をつけた。

——甘い。でも、後味はさっぱりしている。ふんわりと香る、たぶん、酒なんだろう。

でも、今まで飲んだどれとも違う。美味《おい》しくて、たまらない。

「ネクタルは、人間にとっても美味だろう。ほら、いくらでも飲むといい」

一気に飲み干したゴブレットに、再びセエレがネクタルを満たしてくれる。

なんだっけ……ネクタルって。そうだ。神の酒とか、そんな意味だった気がする。

「どうだ？　美味いだろう」

「……美味い」

「もっと飲め。さぁ」

促されるままに、杯を重ねる。美味しい。なんだか、気分も良くなってくる。

さっきまでの最悪な気持ちが、晴れていくのがわかった。

不思議なくらい、飲んでも飲んでも、また欲しくなる。食べ物も、そうだ。お腹いっぱいになってもいいのに、まだ、食べたいと思う。

それほどに、美味しくてたまらない。

「ミズキ、もっとだ。もっと、素直に欲しがるといい……」

「う、ん……」

ぼんやりと頷《うなず》いて、また、ネクタルを飲む。

金色の酒の表面には、呆《ほう》けた顔をした俺が映っていた。

思考も、だんだん、痺れてくる。でも、それでも別によかった。

だって、こんなに美味しいもの、口にしたことがない。生まれて初めてだ。

ご馳走も、お酒も……。

「…………」

「どうした？　……ミズキ」

「……せんせえ、に……」

半ば無意識に、ぽつりと、俺は呟く。

目の前のご馳走を、——五十嶋先生や、園のみんなにも、食べさせてあげられたらいいのに。

きっと、みんな喜んで、大騒ぎするんだろうなぁ。そして、五十嶋先生は、穏やかに微笑んで……俺を、褒めてくれるかな。

先生……みんな……。

……俺、やっぱり……もう一度みんなに、会いたい……。

「…………」

先生たちのことを考えたら、急に思考が落ち着いたみたいだった。

ふわふわした酩酊感《めいていかん》は消え去って、俺は、ゴブレットをテーブルに置く。

「ご馳走、さま」

「……ふぅん」

俺の言葉に、セエレは不思議そうに小首をかしげ、それから、すっと目を細めた。

「なるほど。案外、抵抗できるようだ」

「抵抗？」

「気に入ったぞ。こうでなくては、面白くない」

「……！　やっぱり、毒だったのか!!」

まんまと騙《だま》しやがって。やっぱり、油断できない。

そう激高する俺に向かって、セエレは心外そうにわずかに眉《まゆ》をひそめた。

「毒ではない。酒や食事に溺《おぼ》れるか否かは、お前の心持ち次第だ。それは、人間の世界においても同じではないか？」

「そんなの……詭弁《きべん》じゃないか」

「そうかもしれないがな。今はとりあえず、お前は食という誘惑には打ち勝った。それは褒めてやろう」

褒められたからって、嬉しくはない。

ただ、油断は禁物、ということはよくわかった。

俺は緊張に身を固くし、注意深くセエレを見つめる。

「では……こちらはどうかな」

セエレがゆっくりと立ち上がった。

「……なんだよ」

「人間にとっての快楽といえば……これだろう？」

「ちょ……っ」

顎をとらえられ、あっと思ったときには、口づけられていた。

セエレの薄い唇が、噛《か》みつくように俺の唇を食《は》む。

「やめ……っ！」

顔を思いきりそむけ、俺は両手でセエレの身体を突き飛ばした。

力いっぱいやったはずなのに、唇はほんの少し離れただけで。しかも。

「ミズキ、……動くな」

耳元で囁《ささや》かれた途端、目に見えない縄で縛り上げられたみたいに、俺の四肢が思うように動かなくなる。

「な……、なんだよ、これ……っ」

「か弱い抵抗は可愛らしいが、少々面倒でもあるからな。……さて」

「わっ！」

すくい上げるように抱え上げると、セエレは俺を肩に担いだ。

そして、数歩移動すると、大きなベッドの上へと、俺の身体を放り投げる。

乱暴ではあったが、ふわふわの絹のリネンと、山ほどのクッションに受け止められて、痛みはほとんどなかった。

「待てよ……俺、男だぞ!?」

「ああ、知っているが」

そう言いながら、平然とセエレが俺の上にのしかかってくる。

「だ、だって、お前も男じゃないのか？」

「たしかに。人間でいえば、男の身体だ。しかし、快楽に耽《ふけ》る上で、なんの問題がある？」

「大ありだよ!!」

そりゃ、生殖行為でないなら、男女の必要はないかもしれないけど……俺は男とセックスする趣味はない!!　いや、もっといえば、そういうことをするなら、ちゃんと愛し合って、合意の上で……そういうものだろ!?

けれども、セエレはあくまで涼しい顔で俺に告げた。

「まだまだ子供ということだな……。いいだろう、俺が教えてやる」

「え……」

「この美味そうな身体に、純粋な、快楽というものをな」

ニヤリとセエレの唇が歪み、牙を覗かせた。


「や……、っ」

「名を知られている以上、心までは操れぬが、身体はなんとでもなるからな」

「こ、の……っ」

見えない縄で縛られているみたいに、腕は背中にまわした状態で固定され、足も自分の意思じゃ動かせない。芋虫のようにのたうち回るのが精一杯だ。

「ほう。まだその程度は動けるのか。さすが、人には希有な魔力を持つだけあるな。……だが、かえって興が湧《わ》く」

そう言うなり、セエレの指先が軽く動いた。

——それだけで、まるで薄っぺらな紙のように、俺のTシャツが引き裂かれた。

「う……そ……」

痛みは、ない。俺の肌には、一条の傷もなかった。

だけど、それが逆に薄ら寒くて、俺はごくりと唾を飲み込む。

「……傷のない、綺麗《きれい》な肌だな」

「え……、……っ」

何が起こったかわからないまま、セエレの手の平が俺の肌の上を這う。

ゆっくり、じっくりと。手の感触はなめらかで、熱い。……けれどもこの手は、つい先ほど、あれほど簡単に衣服を切り裂いた手。そして、一瞬で、小悪魔を消し去った……手。

「ぁ……ぁ……」

相手は悪魔なのだ、という恐れが、今更に俺の全身をガクガクと細かく震わせた。血の気がひき、指先が冷たくなる。

「可愛らしいな。……ますます、気に入った」

怯える俺に目を細め、セエレが舌なめずりをする。

それから……。

「ん……っ」

唇が、押しつけられた。俺の、それに。

キス、なんて。昔、同級生とたまたまぶつかってしてしまったとき以来だ。しかも相手の女子には泣き出され、俺はクラスメイトたちのど真ん中で謝罪するはめになったくらいで、良い思い出だなんて到底言えない。

でも、今なら思う。

あれはキスなんかじゃない。ただの接触事故だ。

それほどに、これは……。

「ふ……ぁ……、……は……」

身体の底から引きずり出されるみたいに、声が漏れる。幾度もわずかに角度を変えて、セエレの唇が俺の唇を包み、その隙間から忍び込ませた舌が、俺の口腔《こうこう》のあちこちを舐める。

優しく、激しく、執拗《しつよう》に続くキス。

「ん……っく……」

勝手に、身体が跳ねる。口の中が性感帯だなんて、初めて知った。

頭の芯《しん》が痺れて。――身体が、反応してしまう。

これが、キス……なんだ。

「ぁ……」

「…………」

ようやく唇を離すと、俺の顎を掴んだまま、セエレはしげしげと俺を見つめる。

――だらしなく口を開いて、濡《ぬ》れた舌を見せたまま、はぁはぁと呼吸を荒らげたままの、俺の顔を。

「いい顔だ」

「ひ、んっ」

きゅ、って。

乳首をつままれて、思わずおかしな声が出た。

俺、どうなっちゃったんだろう。今までそんなところ、何も感じたこと、ないのに。

セエレのキスで、何かのスイッチが入ったのか、……俺の身体は、かつてなく敏感になっていた。

「初めてとは思えない反応だな？」

「ち、が……っ、ぁ、や、め……っ」

指先で転がされ、時々押しつぶされて。みるみるうちに硬くなった乳首は、まるで性器そのものみたいに俺を乱してしまう。

「お前が……なに、か……、したんだ、ろ……っ」

きっと、さっきの飯か、飲み物に。何か混ざってたんだ。

「それも悪くはないがな。最初は、素材そのものの味を楽しもうと思っていたぞ。……まぁ、これほどに淫乱《いんらん》とは思わなかったが」

「ん、ぐ……っ」

また、あの。理性を蕩《とろ》けさせるみたいなキスをされて。

同時に、乳首を嬲《なぶ》られる。

「……ぁ、……ッ」

二カ所から同時に快感が突き上げて、頭の中で、火花を散らしているみたいで。

目の前が、チカチカ、する。

それに……。

「はぁ……ふ、……」

アレが、疼《うず》いてる。

下半身の……男ならみんな、どうにもならない、あの部分が。

俺の戸惑いや理性を無視して、ずきずきと、ジーンズの下で主張をしていた。

「う、……」

けど、今の俺には、どうにもできない。ただ、無闇に腰を蠢かし、快感から逃れようとするのが精一杯だ。

しかしそれは、セエレの目から見れば、いやらしく誘っているようにしか見えなかったろう。

「我慢ができないようだな。どれ」

「……っ、や、め……っ」

ジーンズも、シャツと同じように、下着ごとあっさりと破かれる。軽々と剝《む》き出しにされた股間《こかん》の中央で、俺自身は、もう言い逃れができないほどに興奮し、濡れてそそり立っていた。

「……これは、美味そうだな」

舌なめずりをしながら、じっとそれを凝視されて、恥ずかしさに泣きたくなる。

「……ぅ……」

なにより。

それなのに、俺の身体は、ちっとも萎《な》えやしなくて……むしろ……。

「どんどん溢《あふ》れてるぞ……ほら」

「ぁ、や、ッ！」

先端の窪《くぼ》みを指先でつつかれて、腰が勝手に跳ねる。同時にそこからは、またじわじわと、透明な先走りが垂れだしているのが、自分でもわかった。

なんで……こんな……。

逃げられず、好きにされて、屈辱を受けているのに……。

自分で、自分がわからない。けれど、そんな混乱は、ますます俺から思考能力を奪ってもいた。

泣きだしそうな俺を見下ろし、セエレはますます楽しげに、俺の濡れた雄をぎゅっと握り込む。

「……い、……ッ」

痛みに一瞬息をのんで、……でもそれも、裏筋をくすぐる指の動きに、すぐさま甘い吐息に変えさせられてしまう。

「ぁ……ん……」

それ、から。

「どら……」

小さく呟き、セエレは身体をずらすと、顔を伏せた。

……そのまま、あの長い舌で、俺の体液を舐めとる。

「ひ、……ッ！」

敏感すぎる先端を舐める舌の感触。

腰が抜けそうな悦楽に、思わず悲鳴をあげて、俺は背中を丸める。

ヤバい。今の、……今までで、一番……。

「……さすがだな。お前の体液も、極上の魔力を含んでいる。これは……いい」

「……ぇ？　あ、……ちょ、……や、ぁッ!!」

子供が飴《あめ》にしゃぶりつくような、無邪気な容赦のなさで、セエレの舌が俺の雄を舐めしゃぶる。その激しさに、ガクガクと腰が揺れて、もう……。

「ぁ、ぅ……、あ……」

呆けたように、舌を突き出して喘《あえ》ぐ俺に、セエレが尋ねた。

「気持ち良いか？」

「……ち、が……、……っ」

そんなことない、と。

かろうじて残っている意地で、俺は首を横に振る。

——でも、それが、間違いだった。

「そうか……ならば、もっと……お前に、快感を与えてやらなければな。この蜜《みつ》を、もっと俺に、味わわせろ」

そう言って、セエレは――不敵に口元を歪めた。

「は……ぁ、……あ……ぁん……っ」


あれ、から。

どれくらい、たったんだろう。

数十分？　――それとも、数時間？

ぴちゃぴちゃと、俺を苛《さいな》むセエレの舌の音。それから……。

『面白いものをやろう。これは、特殊な妖魔《ようま》の一種でな』

セエレがどこかから取り出してきたのは、白い芋虫のような生き物だった。

親指ほどの大きさで、うねうねと蠢き、どこが目やら口やらわからない、おぞましい魔物だ。

『下等で知恵もない。弱く、魔力もほとんどないが……だからこそ、宿主の体内で生きる。宿主の排泄物《はいせつぶつ》や、体液を餌《えさ》としてな。哀れな寄生生物だ』

それをなぜ俺に見せるのか、そのときはわかっていなかった。

『安心しろ。お前を食い殺しはしない。ただ……愉快なことになるだけだ』

「あ……ぁ……」

あの、妖魔は。

俺の身体の中に、いる。

肛門から入れられたそれは、すぐに俺を宿主と認めたようだ。……ようだといっても、何もわからないし、今にも嫌悪のあまり吐きそうだけれど……。

痛みは、ない。

ないけれども、ただ……なんだかずっと、カラダの奥を、じわじわと這い回られている感覚が、俺の肌を粟立たせていた。

そして、それ以上に。ずっと。

「も……、や、め……」

イきそうで、イけないまま。

セエレの舌と唇で、身体中を嬲られ、指で弄《いじ》られる。

溢れる体液を舐め尽くし、それでもなお足りないかのように、セエレは悦楽で俺を苛み続けていた。

全身が、ねっとりと重い、甘い蜜の中にいるような……際限のない、快感。

充血した俺の雄は、痛いほどに張り詰め、解放を求めて涙を流し続けている。

「あ……ぁ……」

「……どうだ？　ミズキ。達したいならば、ねだってみろ。……自分からな」

前髪を摑まれ、顔をあげさせられる。

セエレの恐ろしいほど整った顔が、俺の目の前にあった。

イキ、たい。もう、……楽に、なりたい。

そのためなら、なんだって、しても、いい……。

「そして……俺のものになると、誓え」

誓……う？

セエレの……悪魔の、もの、に……。

「…………いや、だ」

それは、でき、ない。

俺は、……帰るんだ、から。

もとの世界に。……五十嶋先生の、ところに。

俺を特別な子供と言ってくれた、あの人の、ところに……。

「…………」

息も絶え絶えに拒絶した俺に、セエレの眉根が寄る。

一瞬、金色の虹彩《こうさい》が、ヘビのようにその形を変えて……しかし、すぐに戻った。

「普通ならば、とうに気が狂うほどの快感のはずだが……いよいよもって、気に入ったぞ。ミズキ。……今宵《こよい》は、特別だ」

「……ぁ、……――ッ!!」

深く、激しく、キスをされて。

同時に、俺の身体は堰《せき》を切ったように、絶頂に達していた。

びくびくと腰が跳ね、一度では足りないように、びゅくびゅくと白濁がほとばしる。止められない。

「は……ひ…ま、また……ぁ、ぅ……っ」

セエレの手を精液でどろどろにしながら、幾度も痙攣を繰り返して……。

――そこで、俺の意識は、ぷつりと途切れた。

気怠げな表情ながら、その身に新たな魔力をみなぎらせ、魔大公セエレは己の城の玉座へと戻った。

＊＊＊

天井は闇に溶け込むほど高く、壁もまた黒に染まっている広間では、磨かれた大理石の床だけが白く淡く輝いているようだった。

いや、床だけではない。セエレの姿もまた、わずかに淡く、怪しい光を灯《とも》している。その光に吸い寄せられるように、あまたの小悪魔、また、大悪魔たちが、彼の前にかしずいていた。しかし、そのほとんどを、セエレは瞳《ひとみ》には映していない。

かしずかれるその様は、彼にとってあまりにも日常であり、気に留める必要すらないからだ。

「大公」

そのうち、ひとりの悪魔が、セエレのもとに歩み寄った。

——頭は豹《ひょう》。身体は細身の人型をしている。細身の黒く凜《りん》とした印象の衣服を身にまとい、ゆらゆらと音もなく忍び寄る様は、まさに影といった表現がふさわしかった。

「ビトリか」

「贄は、いかがでしたか。……楽しまれたご様子ですが」

セエレの身のうちにある魔力を感じとり、ビトリはヒゲを揺らし、猫の目をさらに細めた。

「あれは、なかなかだ。墜ちた暁には、贄に差し出した黒魔術師に、それなりの褒美は与えてやろう」

「これはこれは。ご寛大な」

やや驚いた様子ながら、ビトリはセエレを讃える。

「では、近いうちに、あの者は望みを叶えるということですか」

「……どうだろうな」

「それは、どういった意味で？」

悪魔特有の、『望まない方向に叶える』という遊びをするということか。あるいは、そのときが、『近くはない』という意味か。そう、ビトリが問う。

「あの贄は、存外しぶとい。もちろん、魔力はあっても使い方も知らず、その身はか弱い肉でしかないが……」

その、人間にしては法外なほどの魔力をそなえた魂は、それ自体がダイヤモンドのように堅牢《けんろう》だった。

まさかあれほどとは、セエレにしても予想外だ。

ネクタルを数杯飲み干し、正気を保てた人間はまずいない。その上、あれほどの快感をもってして、墜ちない魂など、見たことがない。

「……それはまた、セエレ様のお楽しみが増えましたね」

「まぁ、その通りだな……」

数千年前。大魔王サタンが神との戦いに敗れ、姿を隠してからというもの、魔界には無秩序と倦怠《けんたい》が蔓延《はびこ》っている。

死もなく、目的もなく、墜ちてくる亡者の魂をすすり、宴を開き……ただ漫然と『存在する』。それが今の魔族だ。

魔貴族たちがごくまれに小競り合いを繰り返すものの、戦って得られるものにたいした価値もなく。またそれよりさらにまれに、悪魔を利用しようとするこざかしい人間を玩具《おもちゃ》とする以外には、娯楽もないのだ。

そんな中で、セエレにとってミズキは、数千年に一度、手の平に落ちてきた甘露だった。

味わい尽くさねば、到底気が済まない。

「では、私たちは手出し無用と?」

「そうだな……どうするかは、俺が命令をするまで待て。ただ、多少の関《かか》わりならば、大目に見るとしよう。お前たちも、退屈はしているだろうしな」

「それはそれは、ありがたいお言葉」

「セエレ。それは、俺もか？」

挑戦的な笑みを浮かべ、横から割って入ったのは、マルバスだった。

無作法な、とビトリが渋面を作るが、マルバスはどこ吹く風である。

ビトリがセエレの忠実な部下とすると、マルバスはセエレの戦友だ。立場としては部下にあたるが、かつてサタンのもとで戦ったときには、幾度となく助け合った仲間でもある。故に、並び立つ他の悪魔たちに比べ、この城でマルバスは自由闊達《かったつ》に過ごす権利を得ていた。

もっとも、マルバスの性格上、たとえそうでなくても、好き放題にしていたことだろうが。

「マルバス殿。いつも申し上げていますが、セエレ様、もしくは大公とお呼びするのが、筋というものでは？」

「いつもお返し申してますけど、俺はそういうのが嫌いなんだよ。悪魔なんだから、好きにさせろっての。お前の秘密、暴くぞ？」

マルバスの悪魔としての一番の能力は、秘密を暴くということだ。それが有機物であろうが無機物であろうが、かまわない。無機物、ということはすなわち、現代の人間世界でいえば、どんなパソコンの厳重なパスワードであろうが、あっという間に突破できるということだ。

彼の前には、あらゆることは裸で、等価値となる。そんなマルバスにとっては、序列なんてものはまるで意味を持たないのだ。

「やれるものなら……」

売り言葉に買い言葉で、しゃーっ！　とビトリが威嚇《いかく》音を出したときだった。

「まぁ、やめておけ」

二人の漫才を見るのは嫌いではないが、くくっと喉の奥で笑いながら、とりあえずセエレは場をおさめた。

「し、失礼いたしました」

「はいよー」

セエレの言葉に、お互いに一歩遠ざかり、二人は休戦する。

そんな二人を交互に見やり、玉座の肘《ひじ》掛《か》けに頰杖《ほおづえ》をつくと、セエレは言った。

「マルバス。そして、皆に伝える。ミズキに関してだが、先ほども言ったが、多少の関わ

りならば大目に見よう。ただし、ミズキの魔力を味わうことは、俺の許可なしには……」

一旦言葉を切ったセエレの金色の瞳が縦に収縮し、禍々《まがまが》しい光を放つ。

「――決して、許さん」

低く放った言葉には、大気を震わすほどの威圧がこめられていた。

自然と、マルバスとビトリは居住まいを正す。

「……御意。我が主《あるじ》」

「はいはい。わかったよ」

それぞれに命令に従う意思を示し、その返答に、満足げにセエレは頷いてみせた。

第二章　策略の宴

「一体どうなってるんだよ、この城は……」

そう呟いて、俺は深くため息をついた。


あの後、部屋のクローゼットに入っていた服を着ることは許可された。服といっても、白く裾がずるずると長いガウンみたいなもの一枚だけど。下着はない。

救いといえるのは、それは今まで俺が触ったことのないほどに柔らかくなめらかで、肌寒さもなければむし暑くもない、快適そのものといった布でできていたことだ。

魔界に住む特殊な妖魔の毛からできるらしいが……詳しいことは、よくわからない。

それと、食事は一日二回は運ばれてきている。いつでも喉の渇きが癒《い》やせるように、たっぷりと冷たい水が入った水差しも用意されてる。

部屋もいつも気づけば綺麗に整えられていて、俺が少々暴れたところで、荒れもしない。

つまり、見ようによっては、俺はホテルのような広くて豪華な部屋で、食事の心配もなく、昼寝しようが何をしようがかまわない状態で、ぶらぶらしているわけだ。

それ以外にも、セエレは俺が望むものなら、なんでも与えようと、しきりに誘いかけてくる。

だが、これを好待遇などとは、かけらも思うわけがなかった。

なにせ、セエレは俺を堕落させようとしているのだ。真綿で包《くる》むように甘やかし、だらしない生活を送らせようとしているのはわかっている。

だから、あえて俺は、一日の始まりにはラジオ体操をしたり、紙とペンで日記をつけたりと、なるべく規則正しい生活を送ろうと努めていた。

そんな俺が、セエレには物珍しくてならないようだ。

一日に一度はやってきて、俺の精を絞り出すようにして、帰っていく。……あの快感には、まだ慣れないし、いつも頭がおかしくなりそうになるけれど……なんとか、ギリギリ、俺は正気を保ち続けていた。


そんな日々がもう、二週間近く続いている。

ちなみに、二週間という期間がそうとわかるのは、俺の地道な交渉の結果というやつだった。


「さて……今日は何が欲しい？　酒か？　飯か？」

魔物らしい誘惑の言葉を、セエレが口にする。

この部屋に来るのは、今のところ奴だけで、つまり俺が交渉可能なのも、セエレだけということになる。

「それとも、可愛がられるほうがいいか……選んでみろ、ミズキ」

俺をベッドに寝かせ、セエレが尋ねる。

……何をどうしようと、どうせまた、俺を辱めるつもりのくせに。

それを考えると、勝手に身体が震えるけれど、でも、それに振り回されるだけでいるものか。

「時計が欲しい」

初めて、俺は自分からセエレに頼み事をした。

「……時計？」

俺の返答は相当に意外だったんだろう。

セエレは一瞬、見たこともない表情で瞬《まばた》きをした。

きょとんって、感じの。

――っていうか、こんな顔もするんだな。それでも、間抜けさなんてみじんもないが。

「昼も夜もないのはわかってる。でも、どれくらいたってるか、知りたい」

「……ほう。知ってどうする？　いくら数を重ねたところで、無意味だろうに」

「意味があるかないかは、俺が決める」

俺はそう言うと、部屋の中をぐるりと見渡した。

……最初から、羽根ペンと紙は、机の上にあった。装飾品かと思ったけれど、実際に書くことはできた。

「何回眠ったかは、あの紙に書いている。でも、それが一日かはわからないしな。……蠟燭に傷をつけて測ってもみたけど……」

「……どうだった？」

結論は知っているくせに、セエレが面白がって尋ねる。

いらつかせる奴だ。

「……減らないってことがわかっただけだったよ。どういうわけだかな」

「そうか。それは俺も知らないことだった。他には？」

「あとは……髪の長さと、爪《つめ》を測った。紙の切れ端にマークをつければ、変化があったかどうかはわかるから。でも……それも、変化はなかった。あったかもしれないけど、数日じゃわからない程度だな」

それは、この魔界では時が止まっている、と考えたほうがいいような気がする結論だった。

だとすれば、悪魔たちが無限の命を持っている理由もわかる気がする。

とはいえ、断じるには早すぎるな。

「お前にとっては、一日なんて感覚はないのかもしれないけど。俺には、必要なんだ」

「……お前は、本当に面白い。魔界にいて、そんなものを欲しがった人間は初めてだ」

「無理ならいいよ」

「無理？　バカを言うな。……そこで、見ていろ」

セエレはそう言うなり、ベッドから起き上がって、近くにあった燭台を手に取った。蔓《つる》が絡み合ったような柔らかなフォルムを描く、黒い燭台だ。白い減らない蠟燭には、ほのかな炎が灯っている。

「……？」

ぐにゃり、と。

見る間にそれが、形を変えていく。おそらくは、セエレの望むものに。

セエレの瞳が、片手に捕らえたモノをじっと見据える。

やがてそれは、中央が細くねじれながらくびれた、透明なガラスの砂時計に変化した。そのまわりを、艶《つや》のない銀製のツタが絡みつくように支えている。

大きさは二十センチほどだろうか。ただ、中の黒い砂が落ちていく速度は、異様なほどに緩やかだ。

「この砂が落ちきるまでを、一日とすればいい。どうだ？」

「途中でスピードが変わったり、止まったりしないだろうな」

この不思議世界じゃ、なんでもありだ。つい用心深く、俺はそう念を押した。

「そのような不良品ではない。安心しろ」

「…………」

さらさら、ひらひらと、砂が落ちる。

それは、この数日俺を苛み続けていた不安感を、いくらか和らげてくれるようだった。

時間の感覚が失われるということは、こんなにも、足下をぐらつかせるとは知らなかった。

だから、俺は、その感情のままに、ふとセエレに伝えていた。

「ありがとう」

「…………」

セエレがそのとき浮かべた表情を見るのは、二度目だった。

あの後、結局は、その砂時計の礼として、言葉以外にもたっぷりと身体で支払うはめにはなったのだけれども……。

正直にいえば、それだけの代償を払ってもよかったと思っている。

それからは、大切に砂時計を机の上に飾って、俺は部屋のあちこちを調査した。

どこかに秘密の出入り口や、あるいはそのチャンスはないか、必死で探した。

セエレはいつもどこからともなく入ってきて、出ていく。以前、マルバスという奴が姿を消したときにも思ったけれども、どうも魔族には、そもそも『出入り口』というものが必要ないように思える。

人間界に現れるときは、いわゆる魔法陣が、その出入り口になるわけだけれども……。

「部屋には、ない……か」

魔界の中での移動には、必要はないらしい。

とすると、この部屋は、本当にどこにも出口はなくなってしまう。

——絶望的、ということだ。

「…………はぁ……。……っ」

ため息をついた途端、体内の異変を感じて、俺は息をのんだ。

また、だ。

「……ぅ……」

身体の中で、あの気味の悪い妖魔が蠢く感覚。

ゆっくり、もぞもぞと、意思とは関係なく内臓が動く感じは、どうやっても慣れない。

気色悪さに鳥肌がたつ。いや、それだけじゃない。

「は……、…………」

ぞくぞく、背筋が震える。

排泄時の快感が引き延ばされて、強制的に味わわされているような……そんな、どうしようもなく惨めな刺激が、容赦なく俺の神経を苛む。

一日に、何度も。しかも、まったく予想外のタイミングで、「それ」は活動を開始する。

止めることも、コントロールすることもできない。

ただ、動きを止めるまで、脂汗を流して震えながら、じっと待つほかになかった。

「く、……ふ……」

口元を押さえて、溢れそうになる声をこらえる。

そうやって——屈辱的な快感を、俺は必死でやり過ごすのだ。

「…………」

どれくらい、たったか。

ようやく解放された俺は、全身を脱力させ、しばらくは動けずにいた。

四つん這いになって、余韻が抜けきるのを待つ。そうして、どうにか俺は床から立ち上がり、大きく腕を伸ばして深呼吸した。

内側の熱を吐き出して、全部、リセットしたくて。

心も、身体も、つらくなったときには、深呼吸をするのが一番なんだと、五十嶋先生が言っていた。

深く息を吸って吐けば、楽になるって。

「何をしてるのだ？」

「うわっ‼」

突然声をかけられて、めちゃくちゃびっくりした。

セエレじゃない。……でも、聞いたことのある声だ。

「あ、あんたは……」

振り返ると、そこには、金髪の、がたいの良い男が立っていた。にやにやと笑みを浮かべて。

そうだ、こいつは、たしか……。

「マルバス」

「おっと……そうか、セエレがあのとき俺の名前を呼んでたか。まぁいいけどな」

後ろ頭をかきつつ、ははっと笑い飛ばす。

なんていうか、明るい。ただ、その目だけはどこか笑っていなくて、薄気味の悪い明るさではあるけど……。

「で、何してたんだー？」

「……体操だよ、体操！　暇だから！」

慌ててそう誤魔化《ごまか》して、俺はわざとらしく屈伸運動もしてみせた。

まったく。こいつらは、いつでも突然姿を現すから、油断も隙もない。

出入り口がないってことは、気配や音の先触れもないってことで、心臓に悪いったらなかった。

しかも、マルバスは俺の嘘に、ただ笑って。

「ああ、出入り口を探してたのか。それで……ふぅん」と、あっさり言った。

そうだ、こいつは、人の秘密を暴けるんだった……。稚拙な誤魔化しなんて、通用するはずもない。

真っ赤になって浅はかさを呪《のろ》う俺に、さらにマルバスは言う。

「いい加減諦めたらどうだ？　穴に落ちた人間が、空を飛んで帰れるとでも？」

たしかに、そうだ。

そうだけど。でも。

「……道具を使ってでも、壁を這い上がってでも、いい。その手段を、俺は、絶対に諦めない」

マルバスの底知れぬ暗さを秘めた目が、俺をじっと見据える。

俺はひるまずに、その目を見つめ返した。

俺の真実が見通せるっていうなら、いくらだって見ればいい。今の言葉に、嘘はないんだ。

どれくらい、そうやって睨み合っていただろう。

――不意に、マルバスが大きな両手を叩《たた》いた。

「そっか！　すげぇなぁお前!!」

拍手？　なのか？　これ。

しかもなんか、豪快に大笑いしながらだし……馬鹿にされてるんだろうけど、なんだか、あまりにも派手な反応すぎて、かえってどうしていいかわからなくなるな。

セエレは感情表現はあまりしないほうだし、そもそもこういう……パリピっぽい人って、現実世界でも縁がなかったし。オーバーアクションに対して、俺はただ、困惑するほかになかった。

「これはたしかに、いいな。……セエレが夢中になるわけだ」

「…………」

困惑しきっている俺の肩を、ばんっとマルバスの手が叩く。

「痛っ！」

「気に入ったわ。……お前に、いいもんをやるよ」

「いい、もの……？」

俺の心が、ぐらりと動いた。


——それこそが、悪魔の罠だと。

俺はそのとき、忘れていたんだ。


「俺の能力は、もう知ってるだろ？　あらゆる隠されたものと秘密を暴くこと。つまり……俺にとっては、ここから出る方法だって、お見通しってわけだ」

マルバスはそう言うと、軽く壁に向かって手を振った。途端に、そこに扉が現れる。

壁と同じ黒い素材だが、ノブの部分は鋭いトゲの生えた茨《いばら》が巻きついたデザインで、この扉を使おうとする者を見るからに拒んでいた。

「嘘……だろ？」

この壁だって、何度も調べた。なのに、こんなものがあるだなんて、ひとつも気づかなかった。

「セエレの目くらましは、そう簡単に見破れないさ。さて、どうする？」

どうするも、こうするも。

答えなんて、一つしかない。

俺は茨の巻きついたノブをおそるおそる掴む。……想像通り、かなり痛い。けれども、扉は重く、力をこめなければ開くことはできなそうだ。

「出ていくつもりか？　それなら……これは、オマケだ」

マルバスが指を鳴らした途端、扉が勢いよく外側に向かって開け放たれた。扉に体重をかけていた俺は、そのまま廊下に転げ出てしまう。

「いった……」

したたかに顔面を打ちつけて、よろよろと顔をあげた。

……目の前に広がっていたのは、廊下だった。初めてこの城に、わけもわからずに来たときに通った、あんな感じのところだ。

本当に、出られた。あの部屋から。

「ありがとう、マルバス！　……あれ？」

振り返ったときには、もうマルバスの姿は消えていた。

つくづく悪魔たちは神出鬼没だ。

いや、今はそんなことを考えてる場合じゃない。とにかく早く、このチャンスをものにして、城から脱出するんだ!!

その後どうするかは……正直、まだわからない。

わからないけど、このままここで嬲り者にされるなんて、まっぴら御免だ。

俺は立ち上がり、ゆっくりと走りだした。

全力疾走はしない。全力で走れる距離なんて、俺にはたかが知れてる。それより、体力を温存しつつ、小走りを続けたほうが、長い目で見れば移動が早くなるからだ。

薄暗い廊下の先、不意に壁にぶつかった。よく見えていなかったが、ここから左右に分かれているらしい。

「……えっと」

少し迷って……右を選んだ。根拠は、とくにない。ただ、「右に曲がった」ということだけ覚えていればいいはずだ。とにかく、早く、早く。

幸い、人影はない。まだ気づかれてもいない……と思う。

次第に曲がりくねる廊下を、俺は小走りで進み続けた。

取り囲むトンネルのような廊下は、左右どちらの景色もあまりにも変化がなくて、そのうち、前に進んでいるのか、後ろに戻されているのか、よくわからなくなりそうだった。

喉が渇いて、足ががくがくして痛む。その身体のつらさだけが、かろうじて前進を教えてくれていた。

とにかく、早く。ここを脱出するんだ。

あの妖魔がまた動きだしたら、足止めをくらってしまう。それだけは避けたかった。


――そうして。

どれくらい、走っただろう。

だんだんと廊下はごつごつとした岩場のように変化していた。

ここに来たときと同じだ。いつの間にか外につながっているのがこの城だから、きっと、外が近づいているに違いない。

いや、きっとそうだ。

「い、った……っ！」

一瞬、凹凸に足をとられて、派手に転んでしまう。

もう両足が疲れて、ガクガクになっていて、踏ん張れなかった。

触ると、脛《すね》のあたりをすり剝いているようだ。薄く皮膚が破け、血が滲んでいるのがわかった。

だけど、高揚感に浮かされた神経は、痛みも感じなかった。

これくらいのケガ、なんでもない。だって、もうすぐ、もうすぐ出られるんだ。

俺は立ち上がると、よろめきながら歩きだした。

早く……もうすぐ……きっと……。

そんな言葉ばかり、頭の中で繰り返しながら。

苦しい息の下、俺はついに——扉を、見つけた。

俺の部屋にあったものより、ずっと大きい。両開きのそれは、片方だけでも、俺の身体の三倍はありそうだった。黒く、ごつごつした表面の彫刻の意匠は、暗闇でよく見えない。

それに、それがなんだったとしても、俺にはどうでもよかった。

入ってきたときには、こんな扉はなかったけど……いや、きっと、開いていたから、わからなかったんだ。

「……よ……い、しょ……っ」

疲れた身体に鞭打《むちう》って、俺は、最後の力を振り絞る。

重い扉に身体を預け、両足で床を踏ん張り、背中で押していく。

ズズ……ッという、重く擦《こす》れあう音とともに、たしかな手応《てごた》えが伝わってきた。

やがて、薄く、一条の光が暗闇を切り裂く。

その光はだんだんと幅を広げ、明るさも増していった。――俺の心まで、照らすように。


この扉が開けば。この向こうには。

きっと、自由がある。

俺は、助かるんだ。

この扉さえ、開けば――。


「……よく来たな、ミズキ」

扉を開き――。

振り返った俺にかけられたのは、セエレの、そんな楽しげな声だった。

「………う、そ……だ」

俺が辿り着いた場所は、外なんかじゃなかった。

宴会場、といえばいいんだろうか。

横に長いテーブルが数本並び、その上には赤黒い肉塊や、得体の知れない光沢を帯びたものがいくつも並んでいる。それらを床にまき散らすようにして貪《むさぼ》る悪魔や妖魔の類《たぐ》いたちは、どれも見るもおぞましい異形の姿だった。

天井から下げられているのはシャンデリアではなく、亡者がつるされ、その手にかがり火を持たされている。

その亡者たちの苦悶《くもん》の声と、悪魔たちの下卑た笑い声が混じり合い、不協和音の音楽のように俺の耳にこだました。

そして、その宴会の席を見下ろすようにして、数段高い台の上、玉座のようなひときわ立派な椅子にセエレは腰かけていた。

逃げられなかった。

希望の光は……偽物でしか、なかった。

期待は打ち砕かれて、疲労した身体だけが重たく痛む。

立っていることもできずに、俺はよろよろと床にへたり込んだ。

「連れてこい」

セエレに命令され、豹の頭をした悪魔が俺に近づくと、軽々と運んでいく。

もう、抵抗もできなかった。

「どうだった？　楽しめたようで、よかったな」

セエレの傍らにいたマルバスが、杯を片手に俺を出迎える。

狂気を秘めた、快活な笑みを浮かべて。

「騙したんだ……な」

「騙してなんていないぜ？　あの部屋からの出口を、俺はちゃんと教えたじゃないか」

「……この城の出口、とは、言ってないってことか……」

掠れ声で呟き、睨みつける俺に、マルバスは手を叩いて笑った。

「そういうこと！　あははははは!!」

この、悪魔。

——そう言いかけて、呑《の》み込んだ。

そうだ。悪魔だなんてことは、最初からわかりきっていたことじゃないか。

マルバスも、セエレも。俺を騙し、心を痛めつけて、絶望させたいんだから……。

「マルバスの悪ふざけもあったとはいえ、逃げようとしたのは事実。……罰を受ける覚悟は、できているな？　ミズキ」

「………」

「セエレ様のご寵愛《ちょうあい》をいただきながら、それをないがしろにするとは……。セエレ様、その懲罰、我に任せていただけませんか？」

俺を運んできた猫がそう言う。

マルバスとはずいぶん口調が違う。わかりやすく、俺への憎悪に満ちていた。

「ビトリか……そうだな。余興にはなるだろう」

「ありがたき幸せ」

膝を折り、ビトリと呼ばれた猫は恭しく頭を下げる。

それから、再び俺を担ぎ上げると、セエレの正面にあるテーブルの上に、俺を座らせた。皿や杯が散乱する机の上に、食事と同じように並べられる。……こいつらにとっては、実際、俺は食い物と同じなんだろう。

「ミズキといったか。……気の毒だが、我が主を愚弄《ぐろう》し、調子にのった報いだ。我が力に溺れ、壊れるがいい」

目を細め、ビトリが囁く。大きく開いた口元からは、鋭い牙がギラギラと覗いていた。

――なんとかしなくちゃと思うのに、恐怖と疲労で、身体はもう動かない。

やっぱり……もう、無理……なんだろうか……。

「ビトリ」

今にも俺に襲いかかろうとしているビトリの名前を、不意にセエレが口にする。

「はい、我が主。いかがいたしましたか？　今からすぐに、この者を引き裂いてさしあげます」

「いや、それは今ではない。むしろ……ビトリ、お前の能力を見せてもらいたい。そのために、そうだな……その、ミズキの血をやろう」

「……かしこまりました」

頷いたものの、ビトリの表情は苦々しいものだった。

「忌々しいニンゲンめ……引き裂くことはたやすいものを……」

俺にだけ聞こえるような小声で呟きつつ、ビトリは俺のローブの裾をはだけた。あらわになった足には、先ほど転んでできた擦り傷が、まだ生々しく赤い血を滲ませている。

ざわ、と俺たちを興味深げに取り囲んでいた悪魔たちが、ざわめいたのがわかった。

口々に涎を垂らし、物欲しげに俺を見ている。

だが、ビトリの表情は変わらない。

「お前ごときの魔力、興味はないが……セエレ様のすすめだ。我が一部としてやろう」

ぴくりと、ビトリの大きな耳が揺れる。

そして、やおら、ざらついた舌が俺の傷口を舐めた。

「い……ッ！」

肉ごとこそげとられそうな痛みに、たまらず歯を食いしばる。

一度、二度……。治療ではない。鋭く舐められるたびに、かえって新たな鮮血が滲むようだった。

「なるほど……これは……」

ビトリの目が紫に怪しく光る。ぶるりと身を震わせて、奴は顔をあげると、口元を拭った。

「美味だったろう？」

セエレの口調は、どこか自慢げだ。

「たしかに。……そして、充分に魔力も高まりました。セエレ様のお優しさに応え、余興を用意させていただきましょう」

恭しく一礼をして、それから、セエレは俺を見下ろす。

――さっきよりずっと、その姿は恐ろしく見える。禍々しい炎を、淡くその身にまとっているみたいだった。

俺の血が魔力になるというのは、本当かもしれない。

だとしたら、こいつは一体、俺に何をするつもりなんだ……？

「教えてやろう、ニンゲン。私の力は、もっとも強く野蛮な欲を解放させること……すなわち、性愛を操ることだ」

「え……」

すっと。

ビトリの指が伸ばされ、その長く鋭い爪が、俺の額にかすかに触れた。皮膚を破くギリギリに突き立てられた痛みは一瞬だった。

「あ、…………っ！」

ぞくぞくっと、悪寒が全身を走る。額を中心にして、両手足の先まで、一瞬で。さざ波のような衝撃が突き抜けていった。

そして、同時に、肌がかぁっと熱を帯びる。心臓が、どくどくと大きく脈を打って、汗がじんわりと噴き出してきた。

「私自身は、性の戯れになど興味はないが……宴の余興にはなるだろうからな」

そう言うと、パン、と一つ、ビトリが手を叩く。

その途端、どこから召喚されたのか、俺の手足を拘束するように、謎の触手が絡みついてきた。

黒く、俺の腕ほどの太さを持つそれは、ぬめぬめと不気味に光り、ねばついた粘液をまとわりつかせている。吐き気がするほど不気味なそれが、あっという間に俺を搦《から》めとり、自由を奪った。

ぞっとするのは、それだけじゃない。いや、それよりも、もっと……。

「ぁ、あ……、……ぅ……っ」

ひやり、ぬるりとしたものが、ローブを剝《は》ぎ取り、俺の素肌を這い回る感触。鳥肌ものでしかないはずのそれが、どうしてか、声が出そうになるほどの快感だった。

「な、何……こ、れ……」

「私の可愛い使い魔だ。お前の相手には充分すぎるはずだが？　それに……」

ビトリの目が細められる。

「今やお前の身体は、すべてが性器のようなものだ。さぁ、いつまで正気を保てるものか……」

「……な、……ぁ、ッ」

ビトリの言う通りだった。

どこもかしこも……濡れた舌のような感触が肌を滑るだけで、性器を直接扱《しご》かれているような快感が脳を直撃する。しかも、常に、同時に。

「く……っ」

逃れようにも、黒い塊に半ば呑み込まれて、自分の意思では指先ひとつ動かせない。

ぴちゃぴちゃと耳元で粘ついた音がして、耳たぶも、内側まで、触手が這う。

「っ、ぁ、……」

耳の穴から、直接、脳内まで犯されるようで。こんなにも心は恐怖に満ちているのに、身体だけが、惨めなほど感じていた。

びくびくと、俺の性器が反応し、身体の中央で痛いほど屹立《きつりつ》している。そこだけは触手が触れていないというのに、先端からは、すでにぬるついた先走りが漏れていた。

「いや……だ……」

うめくように呟いた俺に、ビトリはヒゲを揺らし、俺の顔を覗き込んでくる。

「……おや。まだ正気が残っているのか？」

「…………」

かろうじて、奴の顔を睨み返す。それが、精一杯だった。

だけど。

「なら……さらに、堕《お》とすまでだ」

「え……」

次の瞬間、俺の性器と、乳首に、触手が絡みついた。

その先端がやおら窪み、ヒルのように吸いついてくる。

あまりのグロテスクさにあげた悲鳴は、すぐに……屈辱的な、嬌声《きょうせい》になってしまう。

「ひ……っ、いや、あ、ぁ、あッ!!」

粘ついた感触が、意外なほど繊細な動きで、すっぽりと全体をしゃぶりながら、先端を嬲る。それは、もう、敏感になりすぎた身体には、強烈すぎる毒のような悦楽だった。

こんなの、もう……どうやっても、……無理、だ。

嫌だ、嫌なのに、――。

「や……ぁ、あ、――ッ！」

こらえきれず、ガクガクと腰を震わせて、俺は強制的に射精させられた。

周囲から、下卑た歓声があがる。

余興という言葉の通り、こんな姿を、さらし者にされているなんて。

「く……ぅ……」

悔しさに唇を噛んでこらえようとしても、勝手に涙が溢れてくる。

しかも、だ。

「ぁ、は……、ッ」

一度達したくらいでは、許されはしなかった。

脱力した身体を、すぐさま再び責められる。

むしろ、俺の精液を摂取した触手は、さらにその勢いを増して、もっともっとと、猛々しく求めてきた。

「喜べ、ニンゲン。どうやらこいつらは、相当お前が気に入った様子だぞ」

「……なん、だ、って……？　……ッ！」

ぐいっと。

膝裏を持ち上げられ、大きく足が割り広げられた。

踵《かかと》が宙に浮き、幼児に小用をさせるような体勢にさせられる。

秘所をすべて剥き出しにされ、好奇の目に晒《さら》される羞恥《しゅうち》に、頭の中が真っ白になる。

「や、め……」

目的は、わかってる。

俺の身体の、さらに、奥。狭い穴を押し広げ、内側までも、犯そうとしているんだ。

「さぁ……壊れるがよい」

「ぁ、――――ッ！」

ぬるついた粘液をまとわせ、触手が、押し入って……くる。

この数日間、あの妖魔に開発され続けた俺の後孔は、ビトリの能力とあいまって、女の

ように嬉々《きき》として触手を呑み込み、受け入れた。

それだけじゃない。妖魔よりずっと太いそれが、ごりごりと内側をえぐり、前からも後ろからも、容赦なく責め立ててくる。

「も……いや、……だ……、……や、……ぁ……ッ」

目の前に火花が散って。

吐きそうな悦楽が、脳をぐちゃぐちゃにする。

「ぁ……ひ、ぃ、ん……っ、ぁ……」

何度、絶頂に達したかは、もうわからない。

すすり泣き、身悶《みもだ》えて。

息も絶え絶えの俺の目に、身の毛もよだつような光景が映る。

いつしか、周囲の悪魔たちもまた、乱痴気騒ぎの真っ最中だ。

俺を食い入るように見つめ、自身の性器をいじる者。あるいは、興奮もあらわに、乱交を始める者。そして……その相手を、笑いながら食い千切る、者。

生々しく、おぞましい。まさに、悪魔の宴だった。

もう。

限界……かも、しれない。

こんなの、狂ったほうが、いっそ……楽になれる。

逃げ場もなく。

悪魔たちの玩具になるだけなら、もう、……。

どうせ、助けなど、ないんだ。


マルバスはその悪魔たちの間を、笑い声をあげて歩き回っている。

ビトリは、セエレの杯に酒を注ぎ、彼の主だけを見つめていた。

そして、セエレは……。


「………」

ただ、じっと。

真顔で、俺を見ていた。

いつもの余裕を浮かべた笑みではなく、その金の瞳には、意外なほど感情もない。

どうして？

これはお前が命じた余興じゃないか。いつもみたいに、面白がっていればいいだろう。

なのに、なんで、そんな……。

「………せえ、れ……？」

俺の唇が、不器用に動く。発した声は、掠れた、弱々しいものでしかない。

だけど、その瞬間。

セエレの口角が、かすかに上がった。

「……セエレ様？」

「ビトリ、あの妖魔をさがらせろ」

そう命令をし、セエレが立ち上がる。

そして、ゆっくりと、俺に近づいてくる。

「……仰《おお》せのままに、我が主」

ビトリが答えるなり、俺を呑み込んでいた黒い触手が消え去る。

支えをなくして落下する俺の身体を、たやすくセエレが抱きとめた。そのまま、横抱きに抱えられる。

もう、口もきけない。精も根も尽き果て、人形のようになった俺を見つめ、セエレがゆっくりと、キスをした。

柔らかくて、温かい。唇の感触は、あの触手とは、全然違う。

朦朧《もうろう》とする意識の中、見上げた瞳に、不意に、優しいあの人の面影が重なった。

『瑞希は私にとって、特別な子供なんだよ』

そう、いつも繰り返してくれた、大切な……。

「五十嶋、先生……」

「死んだ？　あ、気絶しただけか～」

マルバスは軽薄な口調で言うと、さらに続ける。

「楽しませてくれるよなぁ、本当に。けどさ、俺にもご褒美あってもよかったんじゃん？」

ビトリをちらりと見やり、マルバスが唇を尖らせた。

「まぁ、そうだな。領内の亡者を千人ほど、好きにするといい」

「んー、まぁ、いいか」

本当はミズキを所望したいところだが、欲をかいて不興をかうこともない。

そう判断し、マルバスは笑って了承した。

気を失ったミズキを抱えたまま、セエレは狂乱の宴の間を後にする。その後を、ビトリが音もなく付き添った。

＊＊＊

広間を出るなり、すぐさま、彼らが到着したのはミズキの部屋だった。あれほど疲労し、走り回った距離など、まるでなかったように。

なんてことはない。セエレにとっては、己の城内の空間をつなげることなど造作もないことだからだ。

ミズキの身体をベッドに横たえ、セエレはその髪を撫でてやる。その背中に向かって、ビトリが口を開いた。

「――セエレ様。差し出がましいようですが、一言、よろしいでしょうか」

「なんだ」

「なぜ、お止めになったのですか？」

あのまま続けていれば、ミズキの精神は確実に崩壊しただろう。それは明白だ。

ビトリはミズキを堕落させ、その魂を差し出したかったが故に、いささかその口調は不満げなものだった。

すると、セエレは振り返らないまま、ビトリに答えた。

「この者の魂を壊してよいのは、俺だけだ。……調子にのるな」

淡々とした言葉だったが、セエレの怒りが、電流のようにビトリに走った。慌てて居住まいを正し、その場に片膝をついてビトリは非礼を詫《わ》びる。

「た、大変、失礼いたしました」

「わかればいい。……余興は、みな楽しめたようだしな」

「……ありがたきお言葉」

セエレの寛大さに感謝し、ビトリはさらに頭を下げた。

セエレが、ミズキにそこまで執着していることは意外でもあり……それでいて同時に、ビトリには得心もいく。

まだ彼の身体には、ミズキから奪った血に含まれた魔力が残っている。

ほんの少しであっても、かつてなく美味で、そして力強い魔力を有していることはいやでもわかった。

これだけの魂、たしかに手放すわけにはいかない。

ビトリですら、……ほんのわずかに、誘われそうになったのだ。

性愛を司り、どんなものでも溺れさせられるが故に、かえってそれらへの興味を失って久しいというのに。

苦悶の表情を浮かべ、身をよじらせるミズキの色香はすさまじく、魔物を総じて魅了してやまないある種の能力があった。

セエレがあの場にいなければ、宴にいた悪魔たちは、軒並みミズキの身体にむしゃぶりついていたことだろう。

それほどに、ミズキが内側に有する魔力は、力強く、美味だ。

セエレへの厚い忠誠心があったらばこそ、冷静でいられた自覚はあった。

だからこそ、ほんの少し、ビトリは不安でもある。

まさかとは思うが……セエレのほうが、ミズキに魅了されつつあるのではないか、と。

ただの杞憂《きゆう》にすぎないとわかっている。セエレをそのように見くびるなど、言語道断だと。

ただ……先ほどの口づけは、未《いま》だかつて、見たことのない雰囲気を宿していた。

奪うでも、興じるでもない。慈しむかのような……。

（……そんなはずはない）

馬鹿げたことだ。

そう、ビトリが軽く首を横に振ったときだった。

「五十嶋……」

ぽつり、とセエレがとある名前を口にした。

「……先ほど、ニンゲンが口にしていた名でしょうか」

「ああ、そうだ。……少し、マルバスに調べさせるか……」

セエレは呟き、踵《きびす》を返す。
その表情は、氷のように冷え切っていた。

第三章　真実と、絶望

……夢を見た。


『おかあさん、これ、あげる』

『あら、お花……？　ありがとう、嬉《うれ》しいわ』

道ばたで摘《つ》んだタンポポを受け取って、母さんは嬉しそうに笑ってくれた。

母さんは、とても綺麗《きれい》な人だった。写真もほとんど残ってないから、記憶でしかないけど、俺は母さんより綺麗な人を知らない。俺だけじゃない。母さんを知ってる誰《だれ》もが口をそろえて、「あんなに綺麗な人はいなかった」って言うくらいだ。

日本人じゃなかった、とは聞いている。出身は、ここからずっと遠い場所だと、幼い俺にそう言っていた。そこから日本にやってきて、そして、親父《おやじ》に出会ったのだと。

母さんの肌は白くて、黒髪は艶々《つやつや》してて、いつも良い匂《にお》いがした。

ただ、とても身体《からだ》が弱くて、俺が思い出す母さんは、布団に横になっている姿ばかりだ。

それから。

『ごめんね、ミズキ。お父さんを恨まないで』

そう、何度も俺に繰り返した言葉。

大好きな母さんからのお願いだったけど、これだけは、無理だった。

俺は、親父のことをどうしても許せない。

こんなに病弱な母さんを捨てて消えた、あの頭のおかしい男のことなんて。

『お父さんは、お母さんのために出ていったのよ』

――そんなわけがない。母さんは、そう思い込みたいだけに見えた。

なのに今、あの頃に身につけた知識で……俺は、戦おうとしている。

大嫌いなあの男から、譲り受けたもので。


――あの宴から、数日がたった。

しばらくは俺は立ち上がることもできず、身体と心の傷を癒《い》やすことだけに時間を費やしていた。

セエレが姿を現さなかったのは、幸いだった。おかげで、俺があらがわなければならないのは、相変わらず俺に寄生したままの、あの妖魔《ようま》だけで済んでいた。

もちろん、吐き気がしそうな記憶は何度もフラッシュバックしてきたけれども……。

「負け、るか……」

呟《つぶや》いて、手の平を強く握りしめて。

俺は、深く深呼吸をした。

まだ、負けない。まだ、壊れるものか。

悲嘆に暮れるくらいなら、考えてやる。

今の俺にできることは、なんなのか。


あの宴は最悪の一言でしかないけれども、たったひとつ、確信できたことはあった。

俺の武器は、どうやら、俺自身の身体である、ということだ。

おもに、体液……おそらくは、精液か、血。俺にとっては当たり前のものであるこれらが、悪魔にとっては相当に魅力的なものらしい。

セエレの口から聞いてはいたが、本当なんだとようやく実感した。

それなら、俺に今できることは、たったひとつしかない。

勝算は薄いかもしれない。でも、どうせ失敗してもなくすものもないんだ。

俺はベッドから立ち上がり、書き物机の上に置いていた羽根ペンを手に取った。

それから、誰もいない部屋の中央に向かって、ゆっくり、呼びかけてみる。

「――マルバス。来てくれ」

悪魔の名前を呼べば、奴らは気まぐれに応《こた》えてくれるはずだ。

そして、おそらく。マルバスなら来る。

あの、常に狂気の笑みをたたえたあの悪魔なら、セエレに遠慮などせず、面白がってやってくるに違いなかった。

「よぉ。呼ばれるとは思わなかったぜ。久しぶりだなぁ」

案の定、マルバスはすぐにその姿を現した。

いつものような陽気さで、俺に向かってウインクをしてみせる。

でも、人なつこいその態度に、もう騙《だま》されてはいけないことくらい、こっちもわかってるんだ。

「それで？　また逃げ出すつもりなら、協力するけど？」

いけしゃあしゃあと、よく言うもんだ。

俺は半ば呆《あき》れながら、首を横に振った。

「違う」

「じゃあ、なんだ？」

「お前は、隠された秘密を暴けるんだろう？　……なら、教えてくれ。俺は、現世に戻る手段が知りたい」

「へぇ……いいけど、お前はそれを、信じるわけ？」

ニヤニヤと大きな口を歪《ゆが》ませ、マルバスが笑う。

「もちろん、タダじゃない。代償は与える」

俺はそう言うと、さっき手にした羽根ペンの先を、指先に思いきり突き刺した。

「っく……」

鋭い痛みに、苦痛の声が漏れる。だけど、痛みにかまわず、薄い皮膚を突き破り、俺はペンを放った。

赤い血が小さな点となって浮かび上がり、みるみるうちに膨れ上がる。

その指を、俺は、マルバスに向かって伸ばしてみせた。

「この血を、やるよ」

「…………」

ゴクリ、とマルバスの無骨な喉仏《のどぼとけ》が大きく上下する。

それから。

「アハハハハハ‼……やるなァ、お前！」

ひときわ力強い哄笑《こうしょう》の後、マルバスはじっと俺を見据えた。

「血と引き換えの、交渉ってわけか」

「別に、断ってもいいよ。あんたの好きにすればいい」

ひるまず、たじろがず、俺は冷静に言い返す。

そのうち、マルバスは大仰に天を仰ぎ、大きな手で口元を一撫《ひとな》でして、言った。

「しょーがないな。お前の血なら、代償としてふさわしいや」

「教えてくれるんだな？」

「ああ。が、その前に……お前の血は、いただくぜ」

マルバスが距離を詰め、俺の手を取った。

見た目の暑苦しさとは真逆に、マルバスの手はセエレよりも冷たかった。

「言っておくが、血だけだからな」

「わかってるって」

マルバスが、俺の傷ついた指先を口に含む。ぬるりとした口腔《こうこう》に包まれる感触に、勝手に背筋が震えた。

音をたて、傷口から血を吸い上げられて、俺は痛みに顔をしかめた。

でも、ここは我慢だ。

「……はぁ、こりゃすげぇ。想像以上だぜ」

呟いて、俺の指先を名残惜しげに舐《な》める。その口元から覗《のぞ》く牙《きば》に、そのまま噛《か》み砕かれやしないかと、ちょっとひやひやした。

「もういいだろ。教えてくれ」

指を引き抜き、思わず両手を背中にまわす。

もっと欲しい、などと言われても困るからだ。

だが、マルバスはそう言わなかった。椅子《いす》に腰かけると、長い足を組み、しばし空を見つめた。

何か、俺には見えないものを見透かすように。

「方法は、たったひとつだ」

「……うん」

方法が、あったんだ。

それだけで、まずは踊りだしたいほど嬉しかった。

どうやっても無理だと言われる可能性だってあったから。それよりは、ずっとマシだ。

喜びと興奮を隠せないでいる俺に向かって、マルバスは続けた。

「お前を生《い》け贄《にえ》に捧げた相手を見つけ出して、そいつに魔術を跳ね返すことだ。そうすれば、相手が魔界に墜《お》ち、お前は人間界に戻ることができる」

「俺を生け贄にした……」

「心当たりはあるのか？」

ニヤニヤと笑うマルバスに、俺は、低く答えた。

「……あるよ」

マルバスにさらに血を与えて、尋ねるまでもない。

そんなことをする奴なんて、ひとりしかいない。

――俺の、父親だ。

悪魔と魔界の研究に没頭して、失踪《しっそう》した、あの男。

こんなことをしでかすだけの資質と知識を持った人間なんて、それ以外いるはずがなかった。

最低だとは思っていたけれど、まさかここまでとはな。

自分の妻を見殺しにしただけじゃなく、息子を生け贄にまでするとは思わなかった。

「そうだな、あとは、ごくごくまれに魔界と人間界がつながることもあるらしいが……そんなことは、まぁ滅多にないからな。せいぜい、過去にひとりかふたりだ」

「そう」

俺の相づちは、どうしても素っ気ないものだった。

そんな偶然を待つ気はないし、どうせなら、復讐してやりたい。俺のかわりに、あいつが魔界に墜ちればいい。

――ただ、そのためにはどうすればいいのか。

それはまだ、もう少し、考えなくちゃいけないだろう。

でも。

明確な目標を、俺は手に入れた。

それだけでも、ずっと、生きる希望が湧《わ》いてきたんだ。

「……つくづく、お前は強いな」

「え？」

予想外の言葉に驚いて顔を見ると、マルバスは、笑ってはいなかった。

初めて見る、ただ穏やかな表情に、思わずこっちのほうがたじろいでしまう。

「セエレが夢中になるわけだ」

「夢中って……そりゃ、魔力が欲しいだけだろ」

「まぁ、そうだろうけど、それだけじゃねぇって。魔力目当てなら、あのときビトリを止めずに、壊れるまで放ってたろうさ」

「………」

それは、そうかもしれない。

あのときの記憶は消し去りたいけれど、朦朧《もうろう》とした意識の中で、それでも、助け出したのもセエレの手だったことは、ぼんやりと覚えている。

ただ、それも。

「どうせ、ただの気まぐれだろ」

「どうかな」

含みを持たせた返事をして、マルバスはふと遠い目をした。

「……俺たちは、退屈なんだよ。百年、千年続く、どうしようもない孤独と倦怠《けんたい》。それが魔族の本音さ。何も変わらない、壊すしかできない、それが俺たちって奴だ」

「マルバス……」

「セエレの奴にしてもそうだ。だから俺たちは……お前が眩《まぶ》しいし、羨《うらや》ましいんだぜ」

ふっと、そのときマルバスが口元に浮かべたのは、自嘲《じちょう》めいた寂しげな笑みだった。

「…………」

複雑な気持ちで黙り込んだ俺に、マルバスは「つまんねぇこと言ったな。まぁ、これからもせいぜい、俺らを楽しませてくれよ」と、急にいつも通りの態度に戻って、椅子から立ち上がった。

「じゃあな」

そして、訪れたときと同じく、唐突に姿を消す。

「羨ましいって、なんだよ……」

俺を玩具《おもちゃ》にしかしていないくせに。

そんなこと言われても、戸惑うことしかできない。


ひとりきりに戻って、がらんとした部屋で、俺はしばらく立ち尽くしていた。


砂時計が落ちていく。さらさらと。

ぼうっと、俺はそれを見つめていた。

——考え事に疲れたときには、いつもこうすることが、最近の俺の習慣だった。

ただ、ただ、落ちていく砂を見つめる。

刻一刻と、滑り落ち、減っていく砂。

俺が正気でいられる時間も、あまり残されていないのかもしれない。……そんなことも、ふと思う。

希望は摑《つか》んだけれども、それはやはりささやかで。

薄暗い部屋の中で、ぼんやりとため息をついた。

孤独と倦怠。

マルバスは、魔族とは永遠にそれを感じて生きているのだと言っていた。

同時に、それはまさに、今俺が感じていることと同じかもしれない。

こんな気持ちで、永遠に生きていくのだとしたら……まさしくここは、地獄だ。

救いなんて、どこにもない。

「……五十嶋先生……」

先生に会いたい。

大丈夫だって、励ましてほしい。

どうしているんだろうか。あの夜、あれから、先生は無事なんだろうか。

声に出して名前を呼ぶと、より想いは強くなるようで、俺の目にうっすらと涙が滲《にじ》んだ。

——その、ときだった。

「……瑞希」

部屋の片隅、塗りつぶされたような闇《やみ》の中から、俺の名を呼ぶ声がした。

「え？」

答えた俺の声は、うわずって、掠《かす》れていた。

だって、まさか、その声は……。

「嘘《うそ》……」

信じられない思いで、俺は声の方向を見つめる。

そこには、牧師服を着た五十嶋先生が、微笑《ほほえ》んで立っていた。

いつものように、目を細め、優しく。

「……先生……」

夢だろうか？　いや、夢でもいい。

なんでもいいんだ。

俺はよろよろと立ち上がり、先生に近づく。

先生も俺に向かって、両手を広げて迎えてくれた。

「可哀想《かわいそう》に、大変だったね」

「…………」

先生が、俺を抱きとめる。

その身体は幻覚ではなく、しっかりとした感触があった。

体温も、声も、たしかにそこにあって。

「先生……せんせえ……っ」

もう、限界だった。

堰《せき》を切ったように、俺は泣き出した。

頑是無い子供のように、俺は、むちゃくちゃにしがみついて、声をあげて泣いた。

怖かった。

つらかった。

本当に……苦しかった。

でも、もう、いい。先生がいる。先生がいれば、きっと、大丈夫だから。

「よしよし」

「っく……ひ……」

そんな俺の頭を、先生の手が何度も撫でて。

それから、背中をあやすように軽く叩《たた》いて、慰めてくれた。

「先生……」

どうにか落ち着いて顔をあげた頃には、もう顔はぐしょぐしょだった。ローブの袖であわてて拭《ぬぐ》うと、息を整える。

「でも……先生、どうしてこんなところに？　先生まで、誰かの生け贄になったんですか？」

「それはわからない。ただ、君を探していただけなんだ」

「………」

セエレか、マルバスの仕業だろうか。

あるいは親父が、ひとりでは飽き足らず、先生まで巻き込んだってことか？

どっちにしろ、このままじゃマズい。先生まで、ひどい目にあわせてしまう。

「先生、信じられないかもしれないですが、ここは魔界なんです。魔族たちに支配されてる、……地獄みたいなところ」

「……地獄？」

「そうです。だから、本当は先生はこんなところに来ちゃいけない。どうにかして、一緒に戻りましょう！」

先生の両手を摑んで、俺は力強く言った。

「戻る方法があるのかい？」

「わかりません。……でも、きっと、先生と一緒なら、平気です」

俺は、にこっと先生に笑いかけた。

五十嶋先生は、俺よりずっと賢いから。きっと、名案だって思いつくはずだ。

それに、俺はもう不安じゃない。先生がいるから大丈夫。

「喜んじゃいけないのは、わかってるんです。先生まで、こんな怖いところに連れてこられて……。でも、俺、もう一度先生に会えたことが、嬉しくてたまんなくて……」

また浮かんできそうな涙をこらえて、俺は笑った。

……そういえば、魔界に墜とされてから、俺は初めて笑った気がする。

「……そんな顔を、見せるんだな」

「え？」

五十嶋先生の笑顔が、歪んだ。

比喩《ひゆ》ではなく、本当に。水面のマーブル模様がその形を変えていくように、ぐにゃりと、歪んでいく。顔だけじゃない。その身体、すべてが。

「先生……先生⁉」

何が起きているのか、咄嗟《とっさ》にわからなかった。

必死に先生に呼びかける俺の前に、じきに現れたのは。

——五十嶋先生ではなく、セエレの姿だった。

「……お前……」

「イソジマ、といったか。気絶したお前が口走ったから、何か因縁があるかと思いきや……そこまで、とはな」

セエレの金色の瞳《ひとみ》が、ヘビのように縦長に収縮し、ギラギラと輝いている。

鬣《たてがみ》のような赤い髪は、彼の怒りに膨れ上がって見えた。

先生とは似ても似つかない、恐ろしい、悪魔の姿。

「どうやって……」

口にしてから、愚問だと思った。セエレにとっては、俺の記憶を探らせることくらい、造作もないし、その記憶の中の五十嶋先生の姿を装ったということなんだろう。

悪魔は、人の心の弱みにつけ込む。

よくよく、知っていたはずだ。

でも、これだけは。五十嶋先生のことだけは。

心の中の、一番大切な部分を踏みにじられたようだった。

「ふざけるな!!」

怒りをこらえきれず、俺はセエレの横っ面を張り飛ばした。

一瞬、沈黙が支配した。

てっきり、すぐにセエレは俺を叩きのめすと思っていた。八つ裂きにされて、殺されるかもしれない、とも。

でも、それでもよかった。

五十嶋先生を利用されるなら、それでもいいと思ったんだ。

だが、そんな俺に、セエレは一言。

「……哀れだな」

そう言うと、俺を抱え上げ、ベッドへと放り出した。

「……っく」

そのまま、俺に覆い被《かぶ》さり、顎《あご》を摑む。その手の力の強さに、ギリギリと骨が軋《きし》み、鈍い痛みに俺は顔をしかめた。

「さっきの顔を、俺に見せろ」

「無茶……言う、な……」

こんな状況で笑えなんて、どうかしている。できるわけがない。

「あの男の顔になればいいと？　そうすれば……お前は、喜んで抱かれるのだろうな」

「違う!!」

苦しい息の下、それでも俺は即座に否定した。

「先生は、そんなんじゃ、ない……ッ！」

たしかに、先生のことは好きだ。世界で一番尊敬して、大切に思ってる。

だけど、肉欲めいた感情は、一切ない。だって、俺に残された、唯一の家族みたいなものなんだから。当たり前だ。

それを、そんなふうに邪推されるのは、ただの侮辱にしか思えなかった。

「ただ……大切な人、だから」

「……度しがたいな」

セエレは呟き、俺を見つめる。

その瞳は、あの異形のものではなくなっていたけれど、かわりに、なんだか……不思議な感じがした。

あのときに、似ている。

たしか……あの宴のときに俺を見ていた、あの目だ。

面白がっているわけじゃない。だけど、これは……なんなんだ？

「いいだろう。……お前に、真の絶望を教えてやる」

「セエレ……？　まさか、五十嶋先生に、何かするつもりじゃないだろうな!!」

「さぁ、どうだろうな」

「おい!!　そんなこと、許さないからな!!　絶対、それだけは！」

めちゃめちゃに暴れる俺を、簡単にセエレの腕が押さえつける。強く抱きしめられ、瞬《まばた》きをした瞬間に、激しい目眩《めまい》が俺を襲った。

直接脳を掴んで揺さぶられているような気持ちの悪さに、思わず口元を押さえ、強く目を閉じる。

自分がどこを向いているか、上下すらわからなくなりそうな数十秒を経て——俺が目を開けたのは、冷たい、教会の床の上だった。

「…………え？」

しばらくは、まったく現状が理解できなかった。

最初にわかったのは、あの、城の中じゃない、ということだ。

薄暗い空間をぼんやりと照らす、蠟燭《ろうそく》の柔らかな光。冷ややかで、清浄な空気。

やや薄汚れた木の床を取り囲む白い壁と、古めかしい鎧戸《よろいど》の窓。いくつも並んだ、長椅子の列。

——それから、丸い円に囲まれた十字架のシンボル。

間違いない。

ここは、俺が育った、あの教会だった。

つまり、人間界の。

「もど……れた？」

……いや、まだ油断はできない。

これもすべて、あいつの幻影という可能性だってある。ぬか喜びさせて突き落とそうなんてのは、いかにもやりそうなことだ。

俺は慎重に立ち上がり、自分の身体を確かめた。

服装は、Tシャツにグレイのパーカーとジーンズ。魔界に墜とされたときと、同じものだった。そして、俺の足下には、見たこともない図柄が描かれていることに、初めて気づく。

「これ……魔法陣……、か？」

悪魔と契約するための装置が、魔法陣だ。俺は知らないで、そこに入れられていたらしい。

あれからどれくらい日がたったかわからないけれど、まだここにこれがあるということは、もしかしたら、親父も近くにいるかもしれない。

親父を見つけて、呪《のろ》いを返してやれば。あいつを魔界に送ると同時に、俺は、確実に自由の身になれるんだ。

「よしっ」

注意深く、けれども急いで、俺は教会を出ようとした。

　――でも。

「いった!!」

　突然見えない壁に阻まれ、俺は額をしたたかに打ちつけた。

「な、なんなんだよ……」

　薄暗い中、手で触れると、たしかにそこには硬い透明な壁があった。

　手探りでたどると、きっちり魔法陣と同じ大きさのようだ。

　どうやら俺は、この魔法陣から外には、まだ出られないらしい。

「くっそ!!　セエレの奴!!」

　一体なんのつもりで、こんなことをしたんだか……。

　いや、まだ諦《あきら》めるもんか。絶望なんか、してやらないんだ。

　そう、俺が改めて決意を固めたときだった。

「……瑞希?　まさか、瑞希なのか?」

　騒いでいる俺の声に気づいたんだろう。教会の奥の部屋から出てきたのは、五十嶋先生だった。

「先生!!」

　懐かしい、大好きな、いつもの先生の姿。今度こそ、本物の。

ようやく会えたことが嬉しくて、俺は今すぐ駆け寄りたいのに、この忌々しい魔法陣のせいで、近づくことはできない。

「よかった、無事だったんですね。……いや、でも……」

俺は、そこではっとした。

五十嶋先生を、俺を餌《えさ》に呼び出し、目の前で危害を加えるつもりなんじゃないだろうか。

そんなの、想像するだけで、ぞっとする。

「先生、詳しい話は後でします。先生の身が危ないんです。だから、ここから逃げてください！」

「どういうことなんだ、瑞希」

先生が、一歩一歩、近づいてくる。

嬉しいのに、それが、怖い。

「信じられないと思います。でも、先生を、悪魔が狙《ねら》ってるかもしれなくて……」

「大公セエレ様が、私を？」

「そうです。……え？」

なんで、五十嶋先生が、セエレの名前を知ってるんだ？

しかも、その呼び方じゃ、まるで……。

「生け贄として、適任を選んだはずなんだが……おかしいな」

そう言って、五十嶋先生は、笑った。

いつもと同じ、優しい……俺の知ってる、微笑みだった。

「え……先生……？」

おかしい。

こんなこと、あるわけがない。

気持ちが悪い。吐き気がする。

「しかし、どうして契約が履行されないのか不思議に思っていたんだが……まさか、まだ瑞希が正気だとはね。正直、意外だったよ」

立っていられず、へたり込んだ俺を、五十嶋先生が見下ろす。

腕組みをし、顎を撫でながら頷《うなず》いて。

「ああ、なるほど。君を絶望させるには、私が必要だったということか。ならば、セエレ様の希望には応えなければならないなぁ。心は痛むが……仕方がない」

嫌だ。

やめてくれ。

お願いだから、やめてください。

そう、叫びたかった。

だけど、もう。

声も出ない。

「……君を生け贄に捧げたのは、この私だよ。瑞希」

にこやかに。

先生が告げたその『真実』は、……まだ、俺にとっての、絶望の序章でしか、なかった。

＊＊＊

——私が神に疑いを抱いたのは、大学生のときだ。

私はもともと、敬虔《けいけん》なクリスチャンの家に生まれた。父は医者、母は教師であり、ピアノ奏者の姉と、幼い弟の五人家族だ。

何不自由なく育ってきた私は、大学では歴史を学び、研究を重ねた。

だが……学べば学ぶほど、一つの疑問が、私にのしかかってきた。


『神は何故《なにゆえ》、人間をこれほど愚かに作りたもうたのか？』


考えてもみたまえ。

人類の歴史の中、どれだけの醜い争い、愚かな行為があったことだろう。

時にそれは神の御名のもとに行われすらした。

それも神の試練と呼ぶ人もいるかもしれない。だが、しかし。あまりにも、あまりにも……度しがたい。

近年ではついに、土壌を汚染し、空気や水を汚濁させ、地球そのものを破壊しようとしているのだ。

マツノザイセンチュウというものを、知っているか？

線虫の一種で、松の木を枯らす原因とされているものだ。

彼らは虫に寄生し、松の内側に入り込むと、樹液の流れを妨げ、枯死させてしまう。その木に再び虫が卵を産みつけ、そして生まれた虫にさらに線虫が寄生し、数を増やしていく。

そのようにして、劇的に松を枯らしてしまうのが奴らだ。

――人間と同じではないか？

もしそれを繰り返し、すべての松の木がなくなってしまえば、虫たちも同時に行き場所をなくす。だというのに、決して止めることはない。

すべては破滅していくように作られている。……そうではないか？

それが本当に、神の愛なのか。

そう悩む私の前に、ある書物が現れた。

図書館の片隅で、忘れ去られるようにして置かれていた古い本だ。

その本のページをめくり、書かれた言葉を目にしたときの私の衝撃……。それはまさに雷に打たれ、新たに生を受けたかのような感動だった!!

エクスタシーにも似た……いやそれよりも素晴らしい！　あれほどの体験は、未《いま》だかつてない。

その本こそ、我らがドルド騎士団、その教えについて書かれたものだった。

——真の神には、二人の息子がいた。

サタナエルとミカエルという。

しかしサタナエルは、神に反逆し、サタンとなった。

……ここまでは、よくある話だ。

しかし、真実はこの先に隠されている。

サタンは、神に対抗するために、この地上の世界を作ったのだ。

自らの道具として、穢《けが》れた世界と、愚かな兵士たちを生み出し、自らを『神』として崇拝させるように仕向けた。

それこそが、神の正体なのだ！

だからこそ、人間たちは愚かで、憎しみあい、戦い続ける。それが偽りの神の意志なの

だから‼

そして、ミカエルと、隠された真の神こそが、我々が悪魔と呼ぶ存在とされた。偉大なる至高な世界におわす、完璧《かんぺき》な存在こそが、彼らなのだ！

ドルド騎士団は、こうした真実を密《ひそ》かに伝え、真の神に祈りを捧げ続けている。

私は大学を卒業するなり、彼らに接触し、そして出家して、牧師となった。

この不浄の世界を捨て、いずれは真の世界である真界《まかい》、そしてそこに住まう真の天使、真の神へと出会うために……。


この日本にやってきたのも、修行と布教の一環としてだ。

表向きには、キリスト教として活動はしていた。いずれ真実に目覚める人がいれば、そのときは我らの教えを伝える手はずとなっていたのだ。

だが、そこで、私は……天使を見つけた。

君の、母親だ。


きっかけは、君の父親が、教会にやってきたことだった。

我が教団のマークから、教義に気づいたのだろう。この太陽十字は、古くから我らを示す印だったからな。魔界……いや、真界について調べているうちに、辿《たど》り着いたのも不思議ではない。

やつれた顔で、あいつは言ったよ。

『この世界と、魔界をつなぐ方法を……探しているんです。一刻も早く、その門を見つけなければ、妻が……』

『妻？』

そう聞いたとき、私は最初、妻が病気か何かかと思った。

病というものも、人間が不完全に作られた証拠のひとつだが、それを癒やすために真界の存在にすがるというのもまた、よくある話だからだ。

『彼女、です』

紹介された彼女を見たときは、本当に驚いた。

そうだな、さっき、真実の教えに触れたときの衝撃は素晴らしかったと言ったが……おそらく、それに次ぐほどだった。

長い黒髪、白い肌。人形のように整った、愛らしく美しい顔だちと、華奢《きゃしゃ》な身体つき。少女めいて見えると同時に、どうしようもなく男の征服欲もかきたてる。

美しく、完璧な存在を前にして、私はすぐに理解した。ああ、理解したとも！

彼女は、不完全な人間ではない。

真界から来た、天使に違いない、と。

『おわかりに、なりますか？　……彼女は、魔族なのです』

男が言うには、数年前に、なんらかの事故か何か——今も真実はわからないが、偶然か、あるいは運命的に、彼女は人間界に流されてきた。そして、男と出会い、恋に落ちたのだという。

だが、幸福は、そう長くは続かなかった。

真界と違い、人間界では、生きていくだけの魔力が足りないのだ。

人間の生命力を奪うような方法は、彼女にはできなかった。問題の根本としては、真界の天使たちにとっては、不完全な人間界など、とても住める場所ではないのだ。

美しい熱帯魚が、地上で生きていけないのと同じことだ。

それ故に、男は、真界への門を必死に探していたのだという。彼女を、真界へと帰すために。

『なるほど。事情はよくわかりました。私でできることなら、ご協力しましょう』

私の言葉に、彼女はほっと緊張をほどいたようだった。

『ありがとうございます』

そう私に言う声も、鈴を転がすように美しいものだった。

そして、その腕の中には——瑞希、幼い君が眠っていたのだよ。

＊＊＊

「…………」

五十嶋先生の語る真実に、俺は、一切の言葉を失っていた。

今まで信じていた、何もかもが崩れていく。

「混乱しているね、瑞希。仕方がないことだ」

俺の顔を覗き込んでくる瞳を、魔法陣の見えない壁ごしに、俺はおそるおそる見上げた。

「先生……」

俺の知ってる、変わらない、穏やかな瞳が、つらい。

もっと悪鬼みたいな、見たことない先生になってくれればよかったのに。

いつも通りだから、なおさら。

えぐられるように、実感する。

……先生には、俺を生け贄にすることに対して、罪の意識なんてないんだ、と。

「おや、まだ意識はあるのか。困ったね。さすが、真族との混血なだけはある。なかなか狂うまではいかないのか」

「……………」

「不完全な肉体など、なんの意味もないのだよ、瑞希。偽神が作った人としての器など壊し、真界の真の王に捧げてしまいなさい。……そして、私はより強い魔力と、財を手にし、この不浄の世を裏から支配する……素晴らしいだろう？」

先生の言葉の一つ一つが、鞭《むち》のように鋭く俺の心を打擲《ちょうちゃく》する。

「真族の血が混じっているからこそ、君の魔力は人間離れして強い。まさに、理想の生け贄だと、すぐに気づいたよ。だからこそ、君の母がついに魔力を失い、死んだ後は、大切に、大切に、私の手元で育ててきた。……私の大切で、特別な子としてね……」

『特別な子』

俺が、ずっと、支えにしていた言葉。

その本当の意味。

……そんなもの、知りたく、なかった。

「もう……やめ……て……」

涙は、出なかった。

ただ、耳を塞《ふさ》ぎ、目を閉じて、俺は必死にすべてから遠ざかろうとする。

これもセエレの幻ならいい。こんなもの、嘘だ。嘘に決まってる。

そうじゃなければ、もう、俺は……。

「……そうだな。最後にもうひとつ、真実を教えてあげよう」

俺は首を振る。

真実なんて、いらない。もう、何も、知りたくない!!

なのに。

先生の声は、耳を塞ぐ両手などないように、大きく響いて。

「君の父親は、失踪したんじゃない。私が、始末したんだよ。君ら母子《おやこ》を、手に入れるためにね」

「……!!」

「あいつがいなくなれば、君らは私を頼るほかになくなる。そして実際、そうなったよ……あとは母親が衰弱するのを待てばいいだけだった。そして君は、私のものになった。後のことは、もうわかっているね?」

ずっと。

ずっと、あなたを、信じていた。

最後の希望と、頼りにしていた。

特別だと言われて……その言葉が、本当に、本当に、嬉しかった、のに。

もう。
モウ。
無理、ダ。
希望ナンテ、モテナイ。
ナニモカモ、イラ……ナイ。
「わあああああああああああっ!!」

悲鳴をあげた瑞希の瞳からは、光が失われていた。

ブツブツと小声で何事か呟いてはいるが、もはやそれも意味をなさない。

つらすぎる現実を拒否し、意識を崩壊させるという形で逃避した瑞希の姿に、満足げに五十嶋は顎を撫でて微笑んだ。

ここまで、時間はかかった。しかし、それに見合うだけの結果は、今はもうそこまで来ている。

＊＊＊

「セエレ様。あなた様に捧げる贄は、こちらです。どうぞ、ご顕現なされませ……！」

両手を広げ、恍惚《こうこつ》とした表情を浮かべて、五十嶋は告げる。

魔法陣が怪しげな紫の光をまとい、実体のない炎がその縁にそって刹那《せつな》燃え上がる。その炎の波が鎮まった後、魔法陣の中央には、召喚されたその人が立っていた。

炎のような豊かな赤い髪。光る金色の瞳。黒い衣装を身にまとった美しき闇の王子。

魔界の大公、セエレの姿だった。

「セエレ様。ご機嫌麗しゅう。我が契約に応えてくださり、恐悦至極に存じます」

膝《ひざ》をつき、五十嶋は敬虔とした態度で頭《こうべ》を垂れる。

「契約か……そうだったな。この者を生け贄として、我が力を欲する……それでよかったか？」

「その通りです、セエレ様。今こそ、私に力を。この不浄な世界を正すだけの力を賜りたいのです……！」

傍らにしゃがみ込んだまま、動かない瑞希をちらと見やり、それから、セエレは口元を笑みで歪めた。

「……いいだろう。贄は受け取った。我が力、授けてやろう」

五十嶋が、歓喜に包まれる。

「ありがたき、幸せ……!!」

たしかに、この瞬間が、彼の幸福の絶頂だっただろう。

セエレが指を鳴らすなり、変化はすぐにあらわれた。

五十嶋の全身に、パチパチと火花のような電流がいくつも光りだす。セエレの魔力が、五十嶋に注がれているのだ。

「おお……これが、セエレ様のお力……。素晴らしい……素晴らしい……!!」

身体の内側からこみ上げる強いエネルギーを感じ、五十嶋は熱狂する。

その様を、セエレはただ、じっと見つめていた。

「この力があれば……この世界など…………ぉ、…………？」

恍惚としていた表情が、ふと、歪む。

「……ぁ……ひ…………ぎ……」

五十嶋の両手が、頭を掴む。破裂しそうな脳を抑え込むように。

まさに、内部へと注ぎ込まれるエネルギーが、その容量を超えつつあった。

「どうした？　まだまだ、俺の力のすべてには、ほど遠いぞ」

「や……や、め……ひぃ……ぐ、ァ、ア……ッ！」

充血した両目を見開き、泡と涎《よだれ》を口から噴き出しながら、頭を抱えて五十嶋が悶絶《もんぜつ》する。

哀れなその姿を、セエレは冷笑を浮かべ見下ろした。

「ミズキもそう懇願していたぞ。やめてくれ、と」

「ギ、ィ、ィィィィッ!!」

もはや悲鳴でなく、軋むような奇声をあげ、五十嶋はふつりと糸が切れた人形のように倒れる。

そしてそのまま、もう、ぴくりとも動くことはなかった。

脆弱《ぜいじゃく》な人間の身体では、セエレの魔力を受け止めきることなど、到底不可能だったのだ。

その脳内に、どのような地獄が見えたかは……もはや誰にもわからないことであったし、セエレにもまた、かけらの興味もない。ただ、その死体は、指を鳴らし、魔界の領地へと転送した。――不浄な肉体は、そこでおそらく、小悪魔たちの餌にでもなるのだろう。

「ふん」

始末を終えると、つまらなそうに鼻で笑い、セエレは踵《きびす》を返す。

それから、……今度は、切なげに目を伏せて、心を閉ざしてしまった瑞希の隣に跪《ひざまず》くと、その肩を抱き寄せた。

振り払いもせず、瑞希はただなすがままに、セエレの腕に抱かれる。相変わらず、その目は濁り、何も映してはいない。

「ミズキ」

セエレの呼びかけにも、反応はなかった。

小さく舌打ちし、ミズキの小さな顎を摑むと、セエレはその目を覗き込む。

どんな絶望の中でも、決して消えなかった光を探すように。

「ミズキ。……戻ってこい。お前を壊すのは、俺だ。俺を見ろ」

額を押し当て、頰《ほお》を寄せ、セエレが熱っぽく囁《ささや》く。

永久に続く倦怠の中で、見つけた光だった。

最初はただの興味でしかなかったが、どんなときも諦めないしなやかな強い魂に、いつしか魅了されたのは、たしかにセエレのほうだったのだ。

しかし、目の前のミズキの魂は、その器にヒビが入り、もろく崩れているような状態だ。その内側の魔力も、今ならば、セエレにはたやすくすべてを貪《むさぼ》ることができる。

けれども、セエレはそれを望まない。

欲しいのは、ただ、ミズキの魔力などではないと、すでに気づいていた。


五十嶋の姿を借りたのは、戯れに近いことだった。

信じた相手を装うことで、傷つける目的もあった。

しかし、それ以上に焼けつくような痛みを感じたのは、セエレのほうだったのだ。

瑞希の、心からの思慕と信頼、そして甘い微笑みは、セエレをかつてなく喜ばせ、……そしてそれが、決して自分に向けられたものではないということに、狂おしいほどの嫉妬《しっと》を抱いた。

そんなことは、初めてのことだ。

そして、はっきりと、わかったのだ。

セエレが欲しているのは、瑞希の身体でも、その魂でもない。

心なのだ、と。

心も身体も、すべてを、自分のものにしたい。そうでなければ、なんの意味もない。

そう気づいたからこそ、セエレは瑞希を、一時的に人間界へと戻した。

五十嶋への想いなど、すべて断ち切らせたかったからだ。

——ただ、それは、セエレの予想以上のダメージを瑞希にもたらし、その心を壊してしまったのだが……。

「ミズキ……」

繰り返し囁きながら、セエレは意識を集中させる。

呼吸をあわせ、ゆっくり、ゆっくりと。

瑞希の内側——その、壊れた心の中に、セエレは己の力でもって、深く入り込んでいった。

セエレが初めて欲した……愛したあの光を、取り戻すために。

第四章　新たな希望

真っ白だった。
なんにもない。
いや、違う。
もう、何も見たくない。何も知りたくない。
このままこの空虚に溶けて、消えてなくなりたい。
――もう、楽になりたいんだ。
『ミズキ』
……セエレの声がする。
なんでだろう。
なんだか、優しい。柔らかい。
俺を壊したくせに。どうして。
『ミズキ。おいで』
嫌だ。
動けない。動きたくない。
――真っ白になった俺の世界に、じわりと、思い出だけが浮かび上がる。
白黒の風景。

それは、……。

「学園祭、お疲れ！」

「やー、疲れたー。つか、別にたいして盛り上がらないしさー、疲れるばっかじゃね？」

「授業がないからいいじゃん」

口々に、制服姿のクラスメイトが話している。

高校の文化祭の後だ。

ゴミを捨てに行って、戻ってきたときだった。

俺は、教室の外から、その話し声を聞いていた。

夢の中みたいに、俺はそんな自分を、背後から見ている。

「打ち上げ、どうする？　カラオケ行こーぜ」

「賛成！　俺、クーポンあるかも」

「……けど、佐藤どうする？　誘う？」

その言葉に、一度は盛り上がった空気が、やや微妙になるのが肌で感じられた。

「……いいんじゃね？　あいつ金ないだろうし、誘っても迷惑っつーか」

「頭いーからさ、俺らのこと馬鹿にしてそうだし、いーよいーよ」

「っていうかさー、あのゴミ、全部ひとりで捨てに行かせたの誰だよ～、ひっでー」

「今頃泣いちゃってるかもよ？　えーん、おかーさーんっつって」

「バカ、あいつ親いねーんだぜ。マジウケるんだけど」

　アハハハ、と。

　軽い笑い声が響く。

「じゃ、行こーぜ。あいつ帰ってくる前に」

「そーしよ、そーしよ」

　ゴミ箱を持ったまま、咄嗟に俺は物陰に身を隠した。

　……立ち聞きしていたことがバレないように、祈りながら。

　ここで堂々と入っていって、奴らを黙らせるだけの根性なんて、俺にはなかった。

　金がないのは本当だし、だから、会話もあわないし、付き合いが悪いのも事実で。

　教師にしても、俺はやっかいな問題児でしかないのは、よくわかってた。

　今思えば、たぶん、俺が半分人間じゃないから。

　きっと無意識に、彼らは俺を恐れて、距離をおこうとしていたんだろう。

　教室の中にいても、どこにいても、俺だけが『異質』だった。

　ずっと。

たしかこの後、ゴミ箱を片付けて、俺はひとりで帰ったはずだ。

出迎えてくれた先生は、何も聞かなかったのに、夕食は俺の好物にしてくれたのを覚えてる。

それがとても嬉しくて……。

……今はとても、つらい。

あの優しさは、所詮《しょせん》、全部……俺が逃げ出さないためのものでしかなくて……。

『ミズキ』

……。

なんでだろう。

目の前で再生される、蘇《よみがえ》った記憶の中で、俺を出迎えたのは先生ではなく、セエレだった。

『おかえり。つらかったな』

その腕が、目の前の俺を抱きしめる。

とても、愛《いと》おしげに。

『もう、大丈夫だ。あんな奴らのことは、気にしなくてよい。お前は何も、間違っていないのだから』

セエレの声が、俺の空っぽな胸の内に響く。

そんなはずはないのに。どうして。

これも、あいつの罠《わな》なんだろうか？　……。


……混乱するうちに、また、景色が変わった。

今度は、俺の姿は、もっと幼い。小学校の低学年頃だろうか。

狭い部屋の布団で眠っている俺を、母さんが見守ってくれていた。

その様子を、俺は、やはり夢の中のように見下ろしている。

やつれた様子の母さんは、シャツにロングスカートを穿《は》き、カーディガンを肩に羽織っている。あのラベンダー色のカーディガンは、俺もよく覚えていた。

「……ごめんね、瑞希」

俺の髪を撫でて、母が呟いている。

たしかこの頃は、もう、親父はいなくなっていて。ひとりで働く母さんが、本格的に体調を崩し始めていたはずだ。

ただ、俺自身は、そのとき気づいていなかったけど。もしわかってたら、もっと、もっと、手助けできたのに……。

そう、記憶の中の母さんの背中に、たまらなく歯がゆくなる。

「ごめんね、本当に……私が、普通じゃない、から」

そう繰り返す母さんの姿が、少しずつ、変貌《へんぼう》していく。

……二本の、ねじれた角。青白い肌。銀色の髪と、尖《とが》った目と耳。

おそらくそれこそが、初めて見る、本当の母さんの姿だった。

でも、恐ろしくはない。それでも、母さんは、綺麗だって、思った。

「……だめね。ちゃんと、人間の姿でなくちゃ、いけないのに……」

その言葉で、今更に気づいた。

母さんは、俺のために、常に魔力を使って、変身をし続けていたんだ。

だから、なおさら、衰弱していったんだろう。

もし俺がいなければ。親父がいなくなった時点で、どこかに身を隠すなりして、もう少し自由に……もう少し、楽に長生きできたかもしれないんだ……。

母さん。

ごめんって言うのは、俺のほうだ。

俺のせいで。俺が、いたから。母さんは……。

「本当に、ごめんなさいね。瑞希……」

謝らないで、母さん。

悪いのは、俺のほうだ。

俺が、生まれてきたりしたからだ。


『……もう、いい』

俺は、そう言った。きっとそばにいるだろう、セエレに向かって。

『もう、わかったから。俺がいちゃいけないってこと。誰にとっても、迷惑でしかないって、充分わかったよ！　だから、もう……やめて、くれ……俺を……殺して、くれ』

血を吐くように、俺は叫んだ。

この世界にいる意味なんてないことは、もう、痛いくらいわかったから。

『ミズキ。……思い出せ』

セエレが言う。

思い出す？　何を？

どう思い出そうとしたって、俺には、絶望の記憶しかないのに。

光なんて、何ひとつない。

そんなの、俺が一番、よく知ってるんだ。

……。

また。

ぼんやりと、記憶が、浮かび上がってくる。

もううんざりしているのに、俺は、目をそらすこともできない。

「……ほら、見て」

「本当だ！　笑った！」

興奮する、夫婦の姿。そして、キャッキャと笑う赤ん坊。

――俺と、母さんと、親父だ。

まだ、親父も若々しくて。メガネをかけて、明るく笑ってる。こんな表情、初めて見た。

母さんは、……本当に、綺麗で、眩しいくらいだ。

そして、母さんの腕の中にいる俺も、まだ、何も知らない無垢《むく》な目をしていた。

部屋は、さっきと同じ、狭い四畳半なのに。そこには、明るく柔らかな光が満たされていた。

「瑞希は、ルリに似たんだなぁ。本当に美形で、可愛《かわい》くって、将来が楽しみだよ」

「それより、幸紀《ゆきのり》さんみたいに、賢くって優しい子になってほしいわ。私の見た目なんて

「……」

母さんが、少しうつむく。その顎をくいっとあげて、親父が、軽くキスをした。

「そんなふうに言わないでくれよ。俺は、君の全部を愛してるんだから」

「本当に、あなたって変わり者ね。……魔物を本気で愛した人間なんて、見たことないわ」

照れ隠しなのか、少し母さんの返答はつっけんどんだ。だけど、いつものことなのか、親父はあやすように笑って、母さんを俺ごと抱きしめる。

「それを言うなら、人間風情を本気で愛して、子供まで産んでくれた魔物だって、君くらいだと思うよ？」

「……お互い様ってことかしら」

「たぶんね」

額を寄せて笑い合う二人は、本当に、どこから見ても幸福な夫婦だった。

……こんなに愛し合っていたなんて。俺は、ひとつも、知らなかった。

「瑞希も、素敵な人に出会えるといいわね」

「それはちょっと気が早くないか？　まぁ、そりゃ、いつかは結婚したりするだろうけど……その……」

「そりゃあ、ずっと先だけど」

複雑そうにした親父に、母さんが笑う。

俺の丸い頬を撫でて。じっと見つめて。

「あなたと私の、特別な、大切な子供が……どうか、幸せになれますように」

「うん。瑞希。……君が、いつも瑞々《みずみず》しい希望を抱いていられるように……」

………。

記憶が、ぼやける。

嫌だ。

俺は、もっと見てたいのに。

「あら、もう瑞希はおねむね」

「ゆっくりおやすみ……」

二人の姿が、消えていく。

俺は夢中で、両手を伸ばしていた。

待って。お願いだから。どうか、もう一度………。

「父さん!!　母さんっ!!」

そう声に出して、初めて、自分が泣いていることに気づいた。

そして、空虚な空間に、『俺』の肉体という感覚がようやく戻ってきていることにも。

まるで、崩壊しかけていた自我が、戻りつつあるみたいに。

「ミズキ」

泣きじゃくる俺を、セエレのマントが包み込む。

「……俺、ちゃんと、……特別な子、だったんだ……」

五十嶋先生の裏切りの言葉とは違う。

父さんと、母さんの、あれはきっと、心からの言葉。

俺は……ちゃんと、愛されてた。望まれてた。

忘れていただけで、ちゃんと………。

「ああ、そうだ。そして今は……俺の、特別な人だ」

「……え？」

俺は、セエレを見上げる。ようやく彼の姿も、俺はきちんと見ることができた。

相変わらず、恐ろしいほど整った顔だちに、赤い燃えるような髪と、金色の瞳。けれど、
今は初めて会った頃より、恐ろしくは感じなかった。

「それ、どういう……」

困惑する俺の頬を、セエレの手の平が包む。壊れやすいものを、そっとすくい上げるように。

「目が覚めてよかった。このままお前をなくしたら、悲しすぎる」

悲しい？　……セエレが？

「何言ってるんだよ。それがお前の望みだろう？」

「望み？」

「そうだよ。俺が絶望して、……壊れてしまうのを、待ってたくせに」

だから、あんなひどいことを散々してきたじゃないか。

最後は、五十嵐先生の本性まで、わざわざ俺に見せつけて。

「……このまま放っておけば、そうなったのに」

そうだ。

たしかに、壊れかけた俺を、今救ってくれたのも……セエレだ。

同じことを、あの宴でも思った。

あのままにしておけば、きっと俺はおかしくなったと思う。それなのに、止めたのも、セエレだった。

どうして？

俺には、全然、セエレの考えがわからない。

「でも、お前は希望を失わなかった。こうして、戻ってきた」

「それは……セエレが、俺の記憶を見せてくれたから。や、ちょっと待て。まさか、あれも幻とか言うのか？」

「いや、違う」

セエレは静かに首を振る。

「あれは、お前の過去だ。思い出せずにいた記憶を、俺が呼び覚ました」

「……よかった……」

俺は、安堵《あんど》のため息を深く吐き出した。

「あれも嘘だって言われたら、もう……無理だった」

「……ミズキは、強いな。俺は、お前のそんなところに憧《あこが》れる」

囁いた唇が、俺の目元に触れた。

……そんなところにキスをされたんだとわかったのは、少し後だった。

もちろん、キスは初めてじゃない。でも、こんなふうに、胸がくすぐったくなるような、なんだか、頬が熱くなるようなのは、初めてで……。

「俺、お前がわかんない」

「そうか？」

「そうだよ。セエレは、俺を玩具にしてただけだろ」

「たしかに最初はな、そのつもりだった。――誰よりも特殊な魔力を持ちながら、非力なお前が、どこまで俺に抵抗できるか、楽しんでいたな」

やっぱり、そうなんじゃないか。

そう、俺が言い返そうとする前に、セエレは続けた。

「だが、お前の内側の、希望の強さに触れるうちに、俺が本当に求めていたものがわかったんだ」

「求めていた、もの……？」

「ああ。それは、お前だ。お前そのものが、欲しい」

……俺？

俺そのものって、どういう……意味だよ。

「セエレ……？」

「いや、違うな」

小さく呟き、セエレは小首をかしげてみせる。

まるで、言葉に迷っているように。

……ややあってから、セエレは、どこかたどたどしく、その言葉を口にした。

「……愛、している」

「!!」

思わず、息をのんだ。

だって、愛、だって?

セエレが、俺を……愛してる？　そんな、こと……。

「ちょっと、何、言って……」

「本当だ。お前は、俺の特別だ。誰も、何物にも代えがたい存在なんだ」

「…………」

簡単には、信じられない。

信じられるわけがなかった。

「たしかに、俺はお前に、ひどいことをした。謝れと言うならば、いくらでも詫《わ》びよう。

……ただ、信じてくれ。ミズキ、俺はお前を、愛してるんだ」

セエレの両手が、俺をさらに強く引き寄せ、抱きしめられる。その言葉と同じに、セエレの身体もまた、熱くて。俺の冷え切った身体にまで、その熱がうつってくる。……くらくらしそうなほどに。

「嘘、だろ」

「嘘じゃない」

「だって、お前は魔物で……」

「魔物が、人を愛せないと？　そう思うのか？」

「……………」

そんなことはないと、俺はもう知っている。

母さんは、最後まで、心から俺と父さんを愛してたから。

だから、もしかして。セエレも、……。

「でも、お前は、望めばなんだって手に入るだろ？　なにも俺じゃなくたって……。それこそ、俺を壊したままにして、好きにすればよかったじゃないか」

「嫌だ。壊れたお前は、俺のことを愛してはくれないだろう？　俺が欲しいのは、お前の心。お前からの、愛が欲しいんだ」

「セエレ……」

「それだけは、この世界のどこを探したって、他では手に入るものか。お前の、お前だけの、愛が欲しい」

繰り返しそう囁いて。

セエレは俺の手をとると、その甲や指先に、何度も恭しく唇で触れた。

——こんなふうに、愛おしげに扱われるなんて、もちろん、初めてだ。他の誰にも、されたことなんかない。

だから、どうしていいのか、わからない。……わからないまま、ただ、胸だけが、なんだか苦しくなる。

「……セエレ、俺……よく、わからない」

せめて、正直に、俺も自分の気持ちを口にした。

「いろいろ、ありすぎて……」

信じていたものが、何もかも真逆になった世界で、俺はたった今、生まれたばかりのような感じだった。

愛と言われても、すぐにはわからない。

セエレのことを、俺はどう思っているのか。

初めはそれこそ、恐ろしい悪魔だとしか、思っていなかった。いや、ついさっきまで、ずっとそう思っていた。

だけど、今は……。

…………。

「答えは、まだ、いい。すぐには無理だろう。……だから、帰してやろう」

「え？」

セエレが片手をあげる。

その手の先の空間が、扉の形に切り取られ、淡く光を放つ。やがて、その左端から、徐々に眩しい輝きが溢《あふ》れ出してきた。

「まぶ、し……」

あの、扉の向こう……光の中に行けば、きっと俺は、帰れるんだろう。

「さぁ、行くといい。お前の、もといたところに」

「………どう、して？」

無理やり攫《さら》うことだって、簡単なはずだ。なのに、セエレはそうしようとはしない。ただ、俺が自分の足で、帰るようにと促している。

穏やかに、俺を見つめて。

「俺にとって、時とは、無意味なものだ。永遠の怠惰が、続くだけのこと。……ミズキ、お前が来てくれるまでは」

セエレが額をあわせ、目を閉じる。

「だが、俺はそのときを待ち続けよう。……お前が、心から俺のことを愛せると思ったときに、あの砂時計が、再び動くだろう。そのときは、迎えに行く。そして、決して、離さない」

俺の脳裏に、あの砂時計が浮かぶ。

セエレが作ってくれた。あの軟禁状態の間、俺の精神を支えてくれた、あの美しい砂時計が。

「……俺が、お前を愛することがなくても？」

「かまわん。それならば、俺にとっては時が止まったままになるだけだ。――もとより、お前に出会うまでは、そうだった」

――永遠の、倦怠と怠惰。

そこにまた、とどまるだけだと、セエレは言う。

「それでも、俺はお前を愛し続けよう。……約束する」

魔族は、約束を違《たが》えることはできない。

言葉尻《ことばじり》をとらえて、罠にかけることはあっても、約束そのものを反故《ほご》にすることはできないのだ。

母さんがあんなに約束にこだわったのも、きっとそのせいだと今更に俺は気づく。

……なんて、不器用な生き物なんだろう。

母さんも、セエレも、……約束をした以上、もう、きっと、ずっと……本当に、愛し続けるんだ。

「……セエレ……」

「さようならだ、瑞希」

名残惜しげな、別れ際のキスは、優しく触れるだけの……けれども、熱く、忘れられない口づけだった。

「……ありがとう」

また、セエレは驚くだろうか。そう思いながら、俺は素直に告げた。

「俺に、本当の希望を教えてくれて」

父さんと、母さんに、愛されていたこと。

……そして、お前にも、また……。

「さぁ、行け」

セエレが、手を広げる。眩しい扉を指し示して。

俺は、一瞬だけ、ためらった。

後ろ髪をひかれる、そんな思いは、自分でも意外だ。

だけど。

自分の足で、自分で選んで、俺は歩きだす。

生まれ変わった気持ちで、もう一度。

「――さよなら」

最後に見たセエレは、優しく微笑んでいた。

……今まで見た、どれとも違う。そんな、綺麗で切ない笑みだった。

「先生、ありがとうございました」

「うん。気をつけてね」

笑顔で出ていく子を送り出し、俺は教会の戸を閉めた。

——あれから、もう、二年の月日がたった。

五十嶋は、失踪という扱いにした。死体は消えていたし、なにより、奴に起こったことを誰に説明したところで、理解はされないだろうから。

残された教会と、数名の子供に関しては、俺が業務を引き継いだ。もともと手伝いはしていたから、それに関しては、大きな支障はなかった。

今では自分の牧師服姿にも、違和感はない。

ただ、本部という謎《なぞ》の団体からの指示に関しては、すべて適当に流しておいた。……もっとも、俺のことは五十嶋が独断で画策していたことらしく、本部とやらからの追及はなかった。——そのことは、多少なりとも、俺を安堵させた。

そして。

新たな俺の日常が、穏やかに過ぎていった。

以前よりずっと晴れやかな気持ちで、俺は何事にも接することができた。

自分が愛されていたという記憶は、それほどに俺を変えてくれたのだ。

父と、母と……それから…………。

それから……そう。

あの、俺の体内の、妖魔のことだけれど……。

魔物は人間界では暮らしていけないのだから、すぐに死ぬだろうと思っていたが、――あれはまだ、俺の体内に存在している。

おそらくは、俺に寄生することで、俺自身の持つ魔力を糧にしているのだろう。そして、相変わらず、時に暴れ出しては、俺を苦しめた。

いや、それだけじゃない。

そのたびに、全身が、疼《うず》く。

隅々まで開発されてしまった身体は、もう元通りには戻れない。

息苦しいような焦燥にかられて、己を慰めてみても、飢えはなおさらひどくなるようにも思えた。

――まだ、俺は、魔界から自由になったわけじゃない。そう、思い知らされる。

けれどもそれに、俺は、奇妙な安心感を抱いていた。

まだ俺の身体は、あの世界ともつながっている。そう意識すると、背徳感にも似た震えが、ぞくぞくと背筋を走るのがわかった。

「…………」

音にはせずに、唇だけで、あの名前を呼んでみる。

彼の時はまだ……止まったまま、なのだろうか。


「……久しぶりだな」

薄闇に包まれた礼拝堂の中で、不意に、奇妙な声が響いた。

水中から伝わってくるような、くぐもって、かすかに歪んだような声だ。

本能的な不安に身構え、俺は咄嗟に背後を振り返った。

そこには、何もいない。

——ただ、かつて消えたはずのあの魔法陣が、再び、紫色にわずかに光っていることを除けば。

「……誰、だ？」

ごくりと唾《つば》を呑《の》み込み、尋ねた声は、やや掠れていた。

「……我は、セエレ様の忠臣。魔界の六十の軍団を束ね、豹《ひょう》の頭を持ち、性愛を操る者……」

その答えに当てはまる悪魔の名前を、俺は必死に考える。

おそらくは、だけれど……。

「………ビトリか」

「……」

ビトリは答えない。ここで俺に名をあかし、操られるのを恐れているのだろう。

俺はほとんど話したことはないが、マルバスとは違い、慎重なタイプらしい。

覚えていることといったら、あの悪夢のようなひとときと、強烈なセエレへの忠誠心だけだ。

「なんで、お前が？　俺は召喚なんかしてないぞ」

五十嶋の残した資料で、今では方法をなんとなくは理解しているものの、使う気なんてさらさらない。思い当たる節もない。

いざというときには逃げられるように、心の準備をしつつ、俺はじっと虚空を見つめた。

「貴様の召喚になど応じるわけがなかろう。影を飛ばしているだけだ。もとより、長くいるつもりもない」

辛辣《しんらつ》な口調で答えてから、ビトリは逆に、俺に問うてきた。

「そんなことよりも、我が問いに答えろ」

「……？」

「いつまで、戻らぬつもりだ」

戻る、という表現に、俺はわずかに眉根《まゆね》を寄せた。

まるで、もともとが魔界の存在のような言い草だなと思ったからだ。

「言っておくが、私が待っているわけではない。貴様など、戻らなくとも、それでもいいのだ」

「それじゃあ、なんでそんな……」

返す言葉は、途中で呑み込んだ。

ビトリが待っているわけではないなら、待っているのは、それは、たぶん。

……セエレは、まだ、俺を待っているってことなのか。

「……っていうか、どうせお前らは、俺の意思なんか関係なく、したいなら俺をここから攫うくらいするだろうが」

魔物の身勝手さなら、よくよく学んでいる。

俺のことを散々オモチャにしておいて、よく言えたものだ。

腕を組み、呆れたふうに顎をしゃくった俺に、ビトリは言った。

「それは、セエレ様に止められている」

「……え？」

「貴様のしたいようにすればよい。それを妨げる者は、誰であろうと許さぬ……と」

「……セエレが……？」

「それが、あの方のお望みとあらば、私はそれを遵守するのみだ」

あのセエレが、そんなことを？

あいつは身勝手な悪魔なのに、それなのに……。

「なぁ、セエレは、……どうしているんだ？」

「我らの暮らしは変わらぬ。ただ、貴様がいなくなっただけのこと」

「……まぁ、そうか。そうだよな」

あの、昼も夜もない世界は、いつまでも変わらない。

そこでは、時というものすら、意味がないように。

永遠に続く倦怠……それだけだ。

「ただ」

ぽつりと、ビトリが続けた。

「セエレ様は、ずっと、あの砂時計を見ていらっしゃる」

「……あれを？」

砂時計というのは、セエレが俺に作ってくれた、あれのことだというのは、すぐにわかった。

あれを、セエレが？

「……なんで、そんなこと……」

「それは、貴様が己で考えるがいい。……さらばだ」

来たときと同じような唐突さで、ビトリはその気配を消した。

浮かび上がっていた魔法陣の光も消え失せ、いつの間にか外では日が没したのか、室内が闇に沈む。

「………」

無言のまま、俺は壁際に置いた燭台《しょくだい》の蠟燭に火を灯《とも》す。

ゆらゆらと揺れる、オレンジ色の光。それをじっと見ていると、まぶたの裏に、あの頃俺が見つめていた、砂時計の砂が落ちていく様が、次第に浮かび上がってくるようだった。

あれを見ている間、俺は何を考えていたんだろう。

――絶望しそうな心を、ぎりぎりで誤魔化《ごまか》して、ただ空虚な時を重ねることで、苦しさから目をそらしていたんだ。

むなしいとわかっていて、それでも。

この状況から目をそらすためだけに、こぼれ落ちていく砂を見つめていた。

……セエレも、そうなんだろうか。

俺のいない時を、あんなふうに……。

「セエレ……」

独り呟いたとき、あの妖魔が、再び体内で蠢《うごめ》きだすのがわかった。

「ぁ、……」

たまらずに床に膝をつき、俺は殺しきれない声をあげる。

もう、気づいている。セエレのことを考えると、あの妖魔が動く。

そして、俺に……あの背徳的な快感を思い出させ、悶《もだ》えさせる。

「は……ぁ……」

身体の奥から突き上げてくる甘い愉悦は、いとも簡単に、俺の神経を狂わせてしまう。

こんなところで、ダメだ……と、そう、わかっているのに。

俺の雄は、衣服の下で熱を帯び、刺激を求めてわなないていた。

「ぅ……」

『ミズキ。……さぁ、足を開け』

嫌になるほどリアルに、セエレの声が脳裏に蘇る。

二年がたっても、まだ、こんなにも。

俺の全身は、セエレのことを覚えていた。

どんなふうに、セエレが俺を触って。どんなふうに、辱め、狂わせたのか——。

「……ぁ、あ……っ」

床に膝をつき、牧師服の裾《すそ》をまくり上げて、勃《た》ち上がった自身に指を絡める。ビクビクと熱くなったそれに一度触れれば、扱《しご》かずにはいられない。

「や、ぁ……、ん、……ぅ……ッ」

ひっきりなしに体内を嬲《なぶ》られ、アレの先端からはとろとろと先走りが溢れ出していた。ぐちゃぐちゃと音をたて、俺はすすり泣きながら、前からも後ろからも突き上げる快感に溺《おぼ》れていった。

淫《みだ》らに身体をよじり、もう片手では、服越しにもわかるほど硬く尖った乳首まで、自らで弄《いじ》りながら。

その動きは、どれも、セエレがそうしていたものを繰り返しているだけだ。

見えないセエレの姿が、俺を背後から抱きしめているみたいに。

『ミズキ……』

「ぁ、あッ」

みっともないとわかっているのに。こんな、教会で、ひとりで夢中になって腰を振り、自慰に耽《ふけ》っているなんて。

なのに、止めることはできない。一度快感を思い出せば、もう……。

——もう、こんなにも。

俺の身体は、どうしようもなく、いやらしいものになってしまっている。

「せ、ぇれ……」

思わず名前を呼ぶと、きゅんっと身体の奥が縮まるのがわかる。まるで、離すまいとするみたいに。——そこには、おぞましい妖魔しかいないのに。けれども。

「ん、んんっ！」

締めつけた分、熱くなった異物の感触は生々しく、いっそう強く感じて——。

「ぁ、ひ……、——！」

最奥までも深くえぐられ、半ば強制的に、絶頂へと追いやられる。

右手に掴んだままのアレからは、びゅくびゅくと白く精が何度も吐き出されて、床に滴った。

「ふ……ぁ……」

——狂乱の熱がひけば、後に残るのは、虚《うつ》ろで空疎な感覚だけだ。

満たされることはない、おさまりもしない。
この感覚を……セエレも、味わっているのだろうか。
ひとりきり。あの、砂時計の前で……。
わかっている。
本当は、もう、わかっていた。自分の心なんて。
覚悟を決めるべきときは、——もう、そこまできていた。

ハロウィンの夜。

この世と魔界が、もっとも近しくなるこの夜こそ、異界の門を開けるにふさわしい。

俺が初めて、魔界に墜とされたのも、この夜だった。

窓の外では、時折子供たちの歓声が聞こえる。オレンジのカボチャやお化けの飾りも、商店街のそこここに溢れていた。

だけど、今はもう、それを忌々しく思うこともない。

「来たれ 地獄を抜け出し者 十字路を支配する者よ
汝《なんじ》夜を旅する者 昼の敵 闇の朋友にして同伴者よ……」

すでに覚えた呪文《じゅもん》を、魔法陣の中央に立ち、俺は唱えた。

魔法陣は、教会の床に、もう一度描き直した。一度ここが開いたのだから、おそらくつながりやすい場所なのだろうと踏んだからだ。

「……千の形を持つ月の庇護《ひご》のもとに、我と契約を結ばん」

詠唱を終えると、俺はしばらく、薄闇の中に立ち尽くした。

——変化は、ない。

呪文が間違っていたか、あるいは手順が悪いのか……。

それとも、やはり、生け贄は必要なんだろうか。

「……仕方ないか……」

用意していたナイフを手に取ると、俺は、自分の手の甲に傷をつけた。

その血を、直接、魔法陣の内側の床に垂らす。

俺の血は魔力を含むという。ならば、何かの鍵《かぎ》になるんじゃないかと思ったから。

「……セエレ。門を、開けてくれ。生け贄は……俺だから」

一秒……二秒……。

目を閉じて待つ時間は、ひどく長かった。

もう、セエレは俺を待ってはいないんだろうか？　あるいは、この声を届ける方法は、もう、ないんだろうか……。

……落胆しかけた、そのときだった。

ふわり、と。

空気が変わった。

ひんやりとした風が室内に吹き、日常とはあきらかに異なる気配が、教会の中に充満する。その様が、目を閉じていても、はっきりと感じ取れた。

「……ミズキ」

――燃えるような赤い、鬣のような髪と、美しい金色の双眸《そうぼう》。

ずっと、ずっと。片時も面影が離れずにいた人が、そこに、立っていた。

「セエレ……！　……遅い、だろ」

咄嗟にそんなことを口走ったのは、泣き出しそうになるのをこらえるためだったかもしれない。

「それを、お前が言うのか？」

セエレの声。

本物の響き。それだけで、脳髄が痺《しび》れる気がした。

「なぜ、呼んだ？」

わかっているだろうに。あえて確認をしてくるセエレを、俺はまっすぐに見上げて答えた。

「……決めたから」

「何をだ。また、絶望に墜とされてもいいのか？」

わざと脅すのは、きっと、俺を試しているんだろう。

でも、もう、怖くはない。

俺は、心を決めたんだ。

「セエレが、俺に、本当の希望をくれたから。……俺が、セエレの希望になる」

セエレの顔が、苦々しげに歪む。

「お前を、連れて帰っていいということか？」

「そうだよ」

不思議だった。

今は逆に、セエレのほうが、俺を恐れているようにすら感じる。

そんなに臆病《おくびょう》にならなくてもいい。俺はもう逃げないから。

そう思いながら、一歩を踏み出し、俺はセエレの手をとった。

白く細い、長い指。

この手に、ずっと……触れられたかった。

その感情のままに、俺は自分で、自分の頬にその手を押し当てさせる。温かい。俺のすべてを変えてしまった、悪魔の手。

とても……愛しい。

「セエレのおかげで、俺は、生まれ変わった。だから……次は、お前を幸せにしたい。そう思ったから、呼び出したんだ」

そのための準備も、時間はかかったけど、きちんと整えてきた。

この召喚の儀式だけじゃない。この教会の土地や権利は、もう明日には他人の手に渡る。

ここで育てられていた子にも、次の居場所を見つけてあげた。俺の荷物も、すべて処分してある。

「……魔物を幸せに？　愚かなことを……」

そう笑うセエレの瞳は、だけど、潤んでいた。泣き笑い、みたいに。

「そうかもしれない。けど、魔物でも、愛せるって、俺は知ってるから」

俺の父さんが、そうしたように。

そして、母さんのように、魔物だって愛してくれると知っているから。

むしろ、魔物は約束を必ず守る生き物だから。愛したときには、その長すぎる生涯をかけて、たったひとりだけを愛するのだと、俺はもう知ってるんだ。

「セエレ。お前に……身も心も、捧げるよ」

「…………っ」

強い力で引き寄せられて、次の瞬間には、強く強く、抱きしめられていた。

息もできないくらい。でも、苦しくはなかった。むしろ、嬉しい。

これが夢じゃないと感じられるようで。

「ミズキ。お前を、俺だけのものにしたい」

「もう、お前のものだよ」

「そうか。……それなら、もらってもいいんだな」

「うん、……っ」

顎を持ち上げられ、そのまま、噛みつくようなキスをされる。

セエレの薄い唇が、俺のそれに重なり、薄く開いた隙間《すきま》から長い舌が絡みつく。

「ん、……っ」

ようやく。ようやく、触れあえた。ずっとこうしたかった。

そんな気持ちが溢れ出して、俺の身体は、すぐに暴走を始めてしまう。

「ずっと、こうしたかった。待っていたぞ」

「セエレ……俺、も」

身体の奥が、疼く。全身がびくびくと震えて、止められない。

「……どうした？　ミズキ」

お見通しだろうに、わざとらしくセエレが尋ねてくる。こういう意地悪さは、ちっとも変わってないみたいだ。

恨めしい、のに。

そんな態度にすら、感じて、苦しい。

「あ、あれが……ほら、セエレが入れた、妖魔が……暴れる、から……」

「妖魔？」

セエレの形の良い眉が、片方だけあがる。

それから、俺の尻をゆっくりとセエレの手が撫でた。

「ん、ぅっ」

びくんって、それだけで、俺の肩が跳ねてしまう。

「ちょ……な、に……」

「いや……。妖魔の気配は、もうないぞ？　人間界で過ごすうちに、形を保てなくなったようだな」

「え？　う、そ……」

この疼きも。あの、独りでしていた、ときも。

あれは……幻覚？　俺が、自分で作り出した……？

「そんなの……いや、だって……嘘……」

「恥じることはない、ミズキ。欲望に、素直になれ……俺の前では、許す」

セエレの金色の瞳が、俺を見つめる。

綺麗で、不思議な光をたたえて。

それを見ていると、なんだか……頭が、ぼうっと、してくるみたいだ。

ああ、いいのか……それでも、俺は、いいんだ。

だって、セエレは、そういう俺でも、受け入れてくれるんだから……。

「セエレ……」

首に腕をまわして、俺は、自分からセエレに口づける。

餌をねだる子犬みたいに、媚《こ》びもあらわに、必死に。

もっと、もっと、と。

「そんなに、俺が欲しいのか？」

「う、ん……もう……我慢、できない」

俺のいやらしい身体全部が、セエレを欲しがって、熱くなっている。

だけど、もう、それを隠す必要もないんだ。

「可愛いな」

「ん、……っ」

俺の顔のあちこちにキスを繰り返しながら、セエレは、俺の身体を魔法陣の描かれた床に組み敷いた。

堅い木の感触も、でも、今は何も気にならない。

「ずっと、こうしたかった」

笑みを浮かべて、セエレの指が、俺の牧師服にかかる。そして、まるで薄紙を破くような簡単さで、黒い布を引き裂いてしまった。あとには、わずかな布が、俺の身体にまといつくだけだ。

「も、もう……身体、限界、だから……、早く……」

涙を浮かべて、俺はそう哀願する。なのに。

「いや、まだだ」

「……え？」

予想外の拒絶に、思わず目を見開いてしまう。

だって、そんな……。もう、息をするのもつらいほど、なのに。

「な、なんで……？」

「その顔が、見たいからだ」

ふふっと、楽しげにセエレが笑う。

「ひ、ど……ぃ」

——ああ、でも。

こうやって焦《じ》らされて、ますます、息があがる。

意地悪されて、感じてしまうことを思い知らされる。

屈辱と快感がごちゃごちゃに混ざって、もう……何も、考えられない。

「本当に、可愛いな」

「ぁ……せぇ、れ……」

しがみついて、身体をすり寄せる。セエレ独特の甘い匂いが、俺の快感の記憶をますます呼び覚まして。

「そんなに、欲しいのか？」

喉の奥で笑うセエレに、何度も頷く。

「もう……お願い、だから……」

「……それなら、何をしてほしい？」

「……それ、は……」

言いよどんだのは、恥じらい以上に、してほしいことがありすぎたからだ。

しばらく唸《うな》ってから、俺は、こう答えた。

「……そんな、こと……聞かなくって、も。……散々、してきた、だろ……？」

「たしかに、お前の魔力は啜《すす》ってきたが……愛するのは、初めてだ」

穏やかな表情で、セエレが言う。

たぶん、本当に。……セエレは、心から、俺に尋ねてる。

今までのあれこれは、愛を持った行為じゃないから。

「ミズキ、教えてくれ。どうしたら、お前を喜ばせられる？」

初めて。

セエレは、俺と……愛しあおうと、してくれてるんだ。

そうはっきりと感じた瞬間、ふわって、最後の枷《かせ》が外れた気がした。

魔物でもいい。

誰が理解しなくても、どう思われても、いい。

俺にとって、こんなに愛おしく思える存在は、他にいないんだ。

「……そした、ら……その……前、みたいに……。俺の、魔力……飲んで？」

「それで、いいのか？」

「……うん。して、ほしい……」

「……そうか」

言うなり、セエレの指が、俺の性器に触れる。

「ぁッ！」

鈴口から溢れていた粘液をすくい上げて、俺に見せつけるように、その長い舌で舐め取った。

「相変わらず、極上だな……」

「……ん、……っ！」

言うなり、セエレは顔を伏せて、俺の股間《こかん》にむしゃぶりつく。

「ひ、ぁ、あッ！」

熱い口腔に包まれ、柔らかい舌で舐め上げられる。待ち望んでいた快感に、頭の芯《しん》までクラクラする。

両足を大きく広げて、腰が浮くほどに膝を折り曲げて。

「せぇ、れ……きも、ち……ぃ……」

セエレの赤い髪に指を絡めて、自分から、もっと快楽をねだる。

「あ、んっ！」

アレだけじゃなくて、その、奥まで。

尻のほうまで垂れてしまっていた先走りを舐め取り、いやらしくヒクついている窄《すぼ》まりまで、セエレの舌が這《は》う。

期待に、全身が心臓になったみたいに、ドキドキと震えて。

——身体の奥が、疼く。

「は……、……ぅ……」

「本当に……ミズキは、どこもかしこも美味《うま》いな……」

「ぁ、……ッ」

ぬる、と。

舌と、指、が……俺の、後孔を押し開く。

「な、ナカ……は、……ァ、あっ」

拒むどころか、俺の身体は、その指を嬉々《きき》として呑み込んでいく。

もっと、もっと。

——ぐちゃぐちゃに、してほしくて。

「また、垂れてきた……な」

「ん、んっ」

そろえた指で、ナカをかき回されながら。

さらに溢れだした体液を、セエレの舌が舐め取っていく。

どちらからも突き上げる悦楽を、これ以上こらえるのは無理だった。

「も……イ、く……、っ」

「……いいぞ。ほら……」

「や、ぁ、あッ！」

さらに激しく責め立てられて。もう、何も考えられなくなって。

「も、イ、く……イ、っちゃ、か、らぁっ」

――あられもない声をあげて、俺は、びくびくとセエレの口中に精液をほとばしらせていた。

「ん……」

じゅる、と。

鈴口に残ったわずかな残滓《ざんし》までも吸い上げられて、また、腰が跳ねてしまう。

ああ、でも、まだ……。

まだ、こんなんじゃ、足りない……。

甘い期待に息を弾ませながら、俺は、粘つくような衝動にかられて、セエレに告げた。

「……セエレ……俺にも、させ、て……。した、い……」

「……ミズキ？」

戸惑うセエレの前で、俺はよろよろと起き上がり、四つん這いになる。

セエレの服の作りはよくわからなくて、少し戸惑ったけれど、俺の意図を察したセエレが、さりげなく手を貸してくれた。

しゅるりとかすかな衣《きぬ》ずれの音とともに、セエレの逞《たくま》しい体軀《たいく》があらわになる。

「……は、ぁ……」

——初めて見る、セエレの性器は、人間と形そのものは、それほど変わらなかった。

でも、俺よりずっと逞しくて、凶暴な外見をしてる。

右手で根元から支えて、左手で先端を撫でながら、俺は恭しくそれに頬ずりした。硬くて熱くて、じっとりと湿った、……セエレの、モノ。

それが、たまらなく愛しくて……欲しく、て。

「セエ、レ……ん、……っ」

舌を這わせて、必死に、舐めしゃぶる。

そんな俺の髪や耳、首筋のあたりを、セエレが褒めるように撫でてくれた。

それが、嬉しくて。ますます、喉を鳴らし、音をたてて、俺は奉仕を続ける。

口で、手で、感じる。

……これが、俺の身体に、入ってくるんだ、って。

俺のナカで……動いて……奥まで突いて……。

「っふ……ぁ……」

想像する、だけで。

勝手に、ナカで感じてしまう。衝動が抑えきれずに、俺はいつもそうしていたみたいに、自分のアレにも指を絡めた。

「ん、ん……っ」

セエレのモノを舐めながら、同じように、自分のものも扱く。

恥ずかしい、のに。

――我慢、できなくて。

「……まったく。仕方のない奴だ……」

セエレが薄く笑い、俺の頭を摑むと、強引に顔をあげさせる。

「ぁ、……っ」

まだ、もっと。欲しかった、のに。

オモチャを取り上げられた子犬みたいな、情けない表情を浮かべて、俺はセエレを見上げた。

「これが欲しい場所は、口だけではないんだろう？　……教えろ、ミズキ」

「……ぁ……」

命令を受けて、一気に肌が興奮に粟立《あわだ》つ。

本当に、俺は変態なんだろう。でも、それでも……いい。

セエレが受け入れてくれるから、いいんだ。

「お、俺の……尻に、……ナカに、入れ、て……」

「口だけか？」

「ぅ……、……っ」

焼けつきそうな羞恥《しゅうち》に興奮しながら、俺はセエレの前で寝転がり、足を大きく開いた。

自分から腿《もも》を持ち、すべてを晒《さら》してみせる。

……興奮に、勃起《ぼっき》しっぱなしの性器も、その奥で、だらしなく涎を垂らしている孔も。

「こ、こ……。おね、がい」

もう。はや、く。早く。

自分の指で、孔を押し広げ、哀願する。

「……セエレが、欲しい……から……っ」

「……よいだろう。ミズキ」

顎をすくい上げられ、キスされる。

官能的なキスの後、セエレは言った。

「俺も、お前が欲しい。……ずっと、待っていた……」

「……ぁ……」

セエレにしがみついて、そのときを待つ。

俺の腰を摑むと、位置をあわせ、――セエレの逞しい雄が、じわじわと押し入ってきた。

「ん、ん、……、――っ」

ゆっくりだからこそ、押し広げられる感覚は、ひどくリアルで。

「ぁ、……す、ご……、ぉ……っ」

調教された媚肉《びにく》が、ようやく与えられた確かな刺激に悦《よろこ》び、甘えるように絡みつく。

「いい、ぞ……ミズキ……」

「ま、だ……お、く……？　あ、あっ」

ずず、っと。

予想以上の、奥深くまで、ソレが入り込んで。

「ま、だだ。……もっと、な……」

「う、そ……、あ、ぁんっ！」

完全に、串刺《くしざ》しにされる、みたいに。

最奥を先端がつつく感覚は、狂ってしまいそうな快感だった。

今まで、知らない――辿り着いたことの、ない。

「ひ、ぁ……ら、めぇ……っ、そこ……あッ、や、ぁ……っ!!」

「ミズキ……動く、ぞ」

「――ッ！」

ツンと立ち上がった乳首を戯れのように弄られながら、激しく揺さぶられ、突き上げられる。

セエレにしがみついていた両手足が、力を失ってほどけても、なお。

「ぁ、また、……イく……っ、も、ぉ……ッ」

すでに何度も達しているのに、なお。

「せぇ、れ……っ、あ、……ひ……ッ！」

ガクガクと腰を揺らし、白濁がトロトロと滴る。

――なのに、ひとつも。

快感は途切れず、おさまりも、しない。

「ミズキ……」

蕩《とろ》けた瞳の俺の背中に手をまわし、セエレが抱き上げる。

あぐらをかいた上に、つながったまま座らされ、向かい合った。

涙でぐちゃぐちゃの俺の顔を、セエレが撫でては、キスをしてくれる。

「ぁ、ぅ……」

上になったせいで、さっきとはまた違う場所に、セエレのモノが当たる。

じっとしているだけでも、快感はとろとろと俺を炙《あぶ》っていく。

「ん、んっ」

下から突き上げられながら、息もできないほどのキスと、ともに。

「……好きだ。愛してる、ミズキ……」

囁かれる、愛の言葉。

魂まで、直接に揺さぶられて、蕩けて、いく。

『……騙されているのかもしれないぞ？　瑞希』

セエレの肩越しに、幻覚が見える。

――五十嶋の姿。

牧師服姿で、にこやかに微笑んでいる。

かつてはその笑顔を、どれだけ頼りにしていただろう。俺を何度、救ってくれたことだろう。

でも……もう……。

『裏切り者は、お前のほうだ。あんなにも、手をかけてやったというのに』

……それを思うと、胸は、痛む。

世話には、なった。それは、事実だけど。

『結局、セエレのものになるのであれば……俺のため、犠牲になればよかったものを……。

生け贄としてくらい、役に立てば……』

「ちが、う……」

「瑞希？」

うわごとのように呟く俺の顔を、セエレが覗き込む。

「……俺は、生け贄……？」

そう、尋ねた俺の額に、セエレは自身の額をあわせて、言った。

「違う。……お前は、俺の愛しい存在だ」

低く、優しい声。

『悪魔を、信じるというのか？』

五十嶋の幻が、嘲笑《ちょうしょう》する。

――だけど、もう、俺は騙されない。

うるさい。お前は、もう死んだ。罪悪感など、これ以上、抱いてやるものか。

愛情は、目には見えない。けれども、俺は、もう知っている。

本当の愛も、優しさも。

「……愛してる」

悪魔でも、愛はあることも、俺は知っている。

俺の母親が、そう教えてくれたから。

なにより。

——俺はもう、セエレなしでは、生きていけないから。

欲しくて、たまらないから。

それだけなんだ。

「愛してる、セエレ……」

俺からも口づけて、目を閉じた。

もう、幻覚も、幻聴も、聞こえない。

あいつは、ついに、完全に消えた。

「……ありがとう」

嬉しさに微笑んだら、その拍子に、涙が目尻から伝い落ちていった。

「これからは、ずっと、一緒だ……もう、離さないぞ」

「うん。……誓う、よ。永遠に……」

身体も、心も、重ねて。

快感も、愛情も、分け合いたいんだ。

そして、お前の希望になりたい。

永遠の時のなかの……光になれたら、いい。

「心も、身体も……お前のもの、だから……」

「ミズキ。俺の名を呼び、誓ってくれ」

セエレの金色の瞳が、俺を見つめる。

「……セエレ。俺は、永遠に……セエレの、もの、だ」

その言葉は、誓約。違えることは、決して許されない。

「俺もだ。……我が命と力は、永久にミズキとともにある」

誰も知ることはない。

神にも誓うことはない。

ただ、お互いの魂へと誓うんだ。


――夜が明ければ、もう。

俺はこの世界にはいない。

でも、それでいい。

俺は、ただ、この優しい悪魔と……生きていく。

魔界の小さき主

「ビトリ。おい、どこだー？」

マルバスの大声が、魔界の城に響く。

いくつめかの部屋を移動したとき、ようやくそこには、目当ての豹《ひょう》の頭をした青年の姿があった。

「おう、いたか。返事くらいしろよ」

呆《あき》れたように言うマルバスを、ギロリと豹の瞳《ひとみ》が睨《にら》みつける。

その腕の中には、すやすやと眠る赤子の姿があった。

いかにも柔らかそうな白い肌は、内側からぼんやりと発光しているかのようだ。ビトリの装束が闇《やみ》のように黒い分、さらにその白さが目立つ。

薄い柔い髪は赤く、よく見れば、小さな二本の角もある。その角こそが、この赤ん坊が、ひ弱な姿であろうとも、たしかに魔族なのだという証《あかし》だった。

「我が小さき主《あるじ》が、ようやく眠られたところなのだ。声を潜めよ」

抑えた声ながら、怒気をはらんだ口調でビトリが告げる。

その細い全身からも、マルバスへの威圧がビリビリと伝わってくるようだった。

「はいはい、失礼いたしやした」

マルバスは頭をかいて、肩をすくめた。

――瑞希《みずき》が魔界へ戻り、再びセエレにとっての時が動き始めてから、しばらくしてのことだった。

瑞希は以前の生け贄《いけにえ》としての立場ではなく、大公妃として迎えられていた。

瑞希本人は戸惑い、さんざんに固辞したものの、セエレが言い出したことを曲げるはずもない。

豪華な宴の後、大公妃となった瑞希は、その後すぐに懐妊し、こうして赤子にも恵まれたというわけだ。

瑞稀が男性であろうとなかろうと、半分は魔物という体質故に、セエレの魔力をもってすれば、懐妊も容易だったのである。

そもそも、魔族にとって性別など飾りに過ぎない以上、瑞希が大公妃になることも、子供を産んだということも、ビトリとマルバスにとっては驚くに値することではなかったのだ。

　それ以来、ビトリは今や有能な子守りとして、生まれたばかりの王子に夢中で尽くしている。マルバスや周囲にとっては、そちらのほうがよほど驚くべき姿だった。なんたってあの堅物のビトリが、目を細めて赤子をあやしているわけなので……。

「魔族でも、変われば変わるもんだな……って、おい、なんだこの床！」

　部屋に入るなり、マルバスはまた驚きの声をあげた。

　途端に、再びビトリが牙《きば》を剝《む》いて威嚇《いかく》する。

「静かに、と言ったが」

「わかったって。じゃなくて、どうなってんだ、この床は」

　マルバスが声をあげたのも無理はない。ビトリのいるこの部屋は、他と同じく薄暗く、壁には幾重にも黒いカーテンがかかっている。ビトリの傍らにある、黒いバラと蔓《つる》で飾られた豪華なゆりかごの他には、何もない。だが、大きく違う点は、その床がぐにゃぐにゃと柔らかく、まるで生き物の皮膚か何かのようだということだ。

「この床は、セエレ様に特別に設《しつら》えていただいたものだ。我が小さき主が、傷つくことのないようにな」

「つっても、まだまだ歩くにゃ遠くねえか？」

「わからぬぞ。今日はもう立派な牙がお生えになった。立って歩く日も、遠くはないだろう」

「はー……」

うっとりと言うビトリに、マルバスは呆れるほかにない。

「魔族のガキなんて、そこらに転がしといても勝手に育つもんだと思うけどなぁ」

「我が小さき主を、そこらの魔族と一緒にするな」

「へぇへぇ」

……とはいえ、とマルバスはふと思う。

「けど、ここんとこ、魔族のガキなんてとんと見てねぇな。俺も、その頃の記憶はないし」

気づいたときには、戦場にいた。

誰《だれ》が敵か味方かもわからぬまま、ただ貪《むさぼ》り、暴れていただけだった。

マルバスにとって、己という存在を意識したのは、むしろ、セエレに出会って後のことだったかもしれない。

黙ったままではあるが、おそらくはビトリにしても、同じようなものなのだろう。

「――我らには、永遠しかないからな」

永遠に続く、虚無と怠惰。

魔界とは、そういう世界だ。

それが故に、この新たな命は、この城の中に唯一灯《とも》った光でもあった。

「……早く一緒に遊べるようにならねぇかな。楽しみだ」

「お前とは遊ばせるつもりはないがな。教育に悪い」

「うるせぇ」

声を潜め、赤子の眠りを妨げぬようにしながら、マルバスとビトリはそう囁《ささや》きあう。

「……で、親はどうしたんだ？」

「お二人は、先ほど私室に戻られた。お休みになるそうだから、邪魔をするなよ」

「お休み、ねぇ……」

ただ休むわけがないだろうなとばかりに、マルバスはニヤニヤと大きな口元を歪《ゆが》めてみせた。

＊＊＊

天蓋《てんがい》付きの豪奢《ごうしゃ》な寝台で、クッションに上半身をゆったりと預けて、セエレが寝ている。

俺はその腕の中で、セエレの肩を枕《まくら》にして、ぼんやりとしていた。

お互いに裸のままで、こうしている時間が好きだ。

激情の後の、穏やかな時間が、緩やかに流れていく。

けど、ふと気になって、俺は口を開いた。

「なぁ、セエレ」

「なんだ？」

「面倒見てくれるのはありがたいけど、少し、ビトリに悪いな」

「寂しいのか？」

そう尋ねながら、セエレの手が俺の頭や頬《ほお》を撫《な》でてくる。

優しい指先の動きが、少し、くすぐったかった。

「寂しい……のも、ちょっと、ある、けど」

生まれてからこっち、面倒に思ったことはない。なにしろ、大変になる前に、ビトリをはじめ、みんなが手を貸してくれているわけだから。

どちらかといえば、ぼーっと見ていることのほうが多い気がする。

でも、それが寂しいのかといわれると……。

「ビトリに、あまり手を出すなと命じてもいいぞ」

「や、そうじゃないんだけど」

ビトリにそんなことを言ったら、ひどく傷つけてしまいそうで、俺は身体《からだ》を起こして、慌てて否定した。

「じゃあ、なんだ？　お前が何を気にしているのか、わからない」

セエレはそう言うと、もう一度俺の身体を抱き寄せる。

そう……だな。いくら思いあっていたって、百パーセント、相手の気持ちが伝わるわけじゃない。

きちんと言葉にして、伝えない限りは。

「……うん……」

俺自身、ぼんやりともやもやしていたことを、ちゃんと考えてみる。

黙り込んだ俺を、急《せ》かさずに、セエレはじっと待ってくれていた。

しばらくして、ようやく、俺はぽつりと言った。

「……俺でいいのかなって、思ってる」

「どういう意味だ？」

「だから、その、……大公妃とか言われても、よく、わからないし……」

「俺の妻なのだから、そうなるに決まってるだろう」

俺の額にキスをして、セエレが断言する。

「その上、子供まで産んだんだ。誰がお前の立場にもの申せる？」

「それも、だよ」

「それ、とは？」

「だから、その……俺が子供を産んだってことも、まだなんだか……戸惑ってる」

実際そうだったんだから、納得するほかにないのはわかってるし、魔族にとっては関係ないことも、頭ではわかってるんだけど。

まさか自分が……って、やっぱり思うよ。

「嫌だったのか？」

「それは、ない」

それは、断言できる。

子供は欲しかった。

俺の両親が、赤ん坊の俺に語りかけている、あの光景を見てから、ずっと。

愛《いと》しい存在を作りたいっていう思いは、どこかにあったんだ。

まぁでも、無理だろうなって諦《あきら》めていたから。

「あの子は大事だし、産めてよかった。それは、本当」

「なら、いいだろう？」

うーん、まだいまいちちゃんと伝わってない気がするけど……。

「嬉《うれ》しかったぞ、俺は」

セエレの金色の瞳が、じっと俺を見つめる。

「……うん」

たしかに、めちゃくちゃ喜んでくれたのは、覚えている。

産まれるまでも、心配したり、気遣ったり、本当に優しくしてくれたことも。

「セエレって、子供好きなんだなって思った」

俺がそう答えると、セエレは少し目を見開いて、それから、笑った。

「セエレ？」

苦笑、といったふうのそれが気になって、その名前を呼ぶと、セエレはそっと俺の額に自分のそれを押し当てて、口を開く。

「今まで、子供が好きかどうかなど、考えてみたこともなかったが……。そうだな。この退屈しかない魔界で、こんなに幸せなことはないと思った。我らにとって、新たな命や、成長が、どれだけ眩《まぶ》しいものに見えるか……ミズキは、まだ知らないのだな」

「……セエレ」

何も変わらない、永遠に続く時の中にいるということは、時が止まっているも同じだと、かつて聞いた気がする。

たしかにその中で、あの子の存在は、異質だろう。

新たな存在。日々成長していく、たしかなもの。それだけで、この時が、たしかに前へと進んでいるのだと感じられるのかもしれない。

「ビトリとマルバスも、他の城の者たちも、おそらくは同じ想いだろう。あの子は、……我々にとって、この魔界で唯一の、光といってもいい」

「……そっか……」

知ってはいたけど、改めて。

魔族とは、イメージよりもずっと、寂しい種族なのだと思う。

傷つけるほかに知らないような不器用さで、ただ、そこに在り続ける。

相変わらず、俺は潜在的な魔力に関しては群を抜いているとしても、何ひとつ魔法も使えないままの半人前だ。セエレなしには、この世界で生きていくことなんかできないだろう。

だけど、そんな俺でも、たったひとつ、できたこと。

それが、命を生み出すこと、だったのかもしれない。

「……ちょっとは、みんなの役に立てたかな」

「もちろんだ」

「よかった」

ほっとして、自然と笑みがこぼれた。

そっか。

大公妃なんて呼ばれても、何もできないと思っていたから。少し自信を取り戻せて、俺の口元が自然にほころぶ。

「お前は、どうなんだ？」

「何が？」

「子供は、好きだったか？」

改めて問われて、少し考える。

好きか嫌いかと言われたら……嫌いではないけど、苦手ではあった。

自分が子供の頃、周りの子供は敵でしかなかったし。

大人になってからも、その意識が抜けないせいか、どう接していいかわからなかった。

同じ教会で預けられていた子たちにも、心を開いた記憶はない。

「そうでも、なかったな……そういえば」

口元に手をやって、俺は小さく頷《うなず》く。

「でも、親になってみて、わかった。自分の子供って、愛しいんだな、って……」

自分でも、びっくりした。

正直、腹の中にいるときは、困惑もあって、……時々、気持ち悪いとも思ったんだ。

一時的に作られた、子宮のような役割をもった部分で、俺の魔力を吸収しながら、あの子はだんだん大きくなっていった。

以前仕込まれた寄生体と、最初は何が違うんだろうと思ったくらいだ。

でも。

最終的に、セエレが俺の中からあの子を取り出して、産まれたのを見たとき。大声で泣きながら、俺にしがみついてきたときに、俺の中にこみ上げてきたのは、びっくりするほどの、愛しさだった。

涙が止まらなくて、何度も頬ずりをした。

俺と、セエレが混ざり合って、できた、存在。そこにいるだけで、愛しくて、嬉しいもの。

——母さんも、父さんも。きっと、そう思っていてくれたんだよね。

そう、今は、信じられる。

「そうだな。俺も、そう思う」

「セエレも？」

「ああ。お前以外に愛しいと思う存在ができるとは、思ってもみなかった」

「……そっか」

ふふっと、俺は笑って、セエレに身体ごとすり寄った。

逞《たくま》しく熱い身体の感触が、今の俺にとっては、どこよりも安心できる。

「ありがとう、セエレ。……俺に、いろんなことを気づかせてくれて」

絶望だけじゃない。本当の、希望も。

俺に教えてくれたのは、全部、お前なんだ。

「……それは、こっちの台詞《せりふ》だ」

そう言いながら、セエレの指が俺の顎《あご》にかかり、軽く持ち上げられる。

覆い被《かぶ》さるようにして、柔らかく、唇が重なった。

すぐ近くで見るセエレの瞳は、金色に輝いていて、ため息が出るほど綺麗《きれい》だと思った。

「俺に、未来をくれたのは、お前だ」

「……セエレ」

「未来など、どうでもいいと思っていた。今日の続き、過去の先……愚かな繰り返しにしかすぎないと。だが、そうではなかったんだな」

セエレが目を細め、角度を変えて幾度も、啄《ついば》むようなキスを繰り返す。

触れているだけなのに……なんだか、だんだん、酔わされる。

まだ完全に冷め切ってはいない、身体の奥の埋《うず》み火が、熱を帯びてくるのが……わかる。

「未来とは、かけがえのないものだと気がついた。本当は、望んでいたことも。……お前のおかげだ。感謝している」

俺を抱きしめる腕は、その言葉を示すように、恭しく優しい。


――でも、もう、そろそろ。

もう少し、強く……抱きしめて、ほしい。

いつもみたいに……。

「その言葉だけで、充分だよ。俺も、その……幸せだって、思ってる」

「そうか？」

「そうだよ」

疑うというより、心配げな口調に、俺は軽く笑った。

子供部屋のあの床といい（言い出したのはビトリだけど、セエレも大賛成したんだ、あれは）、実は心配性で、過保護なタチだと気づいたのは最近だ。

俺のことも、子供のことも、セエレは傷ひとつつけたくないように、大切にしてくれている。

なんだか、くすぐったくなるほどに。

「……なぁ、ミズキ」

「なに？」

「もうひとり、作ろうか」

そう言いながら、セエレの手は、もう俺の肌を愛撫《あいぶ》しはじめている。

「ぁ、……っ」

まだ濡《ぬ》れたままの後孔を指先で弄《いじ》られ、思わず声が漏れた。

その反応に気をよくしたように、さらにナカまで、指先が挿入《はい》ってくる。

「ん、ん……っ」

ほぐされる肉が、くちゅくちゅと卑猥《ひわい》な音をたてる。恥ずかしくて、思わず俺は顔を伏せて、セエレの肩にすがりついた。

「だめか？　俺は、ひとりで終わらせる気はないぞ」

耳たぶを甘噛《あまが》みしながら聞くなんて、時々本当に、セエレはひどい。

――きっとそう言えば、魔族だからなとか答えるんだろうけど。

「……いい、よ」

でも、頷いたのは、本心だった。

希望が欲しいと言うのなら、俺はそれを叶《かな》えたい。

そのために、俺はここに来たんだから。

「ミズキ……」

甘い囁きと、快楽に、何度でも酔わされて、溺《おぼ》れていく。

そんな俺たちの姿を、部屋の片隅に置かれた砂時計だけが、じっと見ていた。

新たな時を、また、さらさらと刻みながら。

あとがき

読んでいただいて、ありがとうございます。ウナミサクラです。

今回は魔界もの……というわけでしたが、念のため……。

作品内に出てくる悪魔の定義や、宗教は、すべて架空の、この作品内だけのものです。参考にさせていただいたものはありますが、実在するあれこれとは一切関係ありませんので、よろしくお願いいたします！

……とはいえ、この呪文で本当に悪魔を呼ぼうとする方は、たぶんいらっしゃらないと思いますけども……（笑）。


魔界ものならいいよね、という理由で、また寄生生物だの触手だのと、ものすごく楽しく書かせていただきました！　ありがとうございます！

私はエッチシーンを書くのが本当に一番大好きなので、読んでいる方にも楽しんでいただけたのなら、嬉しいです。

色々大変な目にあったミズキくんですが、今後はおそらく、セエレにでろでろに甘やかされて、心身ともに愛されまくりの日々になるのでは……と、思います。二人の子供は果たしてどうなるのかな？　いつかビトリを襲うくらいのイケメンになっていただきたい、というのが密かな夢です（笑）。

天路ゆうつづ先生には、素敵なイラストを描いていただき、大変感謝しております。セエレがかっこいい!!　ミズキが美人！　と、ラフの段階から大喜びでした。ありがとうございます。

いつも相談にのってくださる担当様と、友人にも、本当に感謝です。

なにより、この本をお手にとってくださった貴方様に。ありがとうございました。

またいつかどこかで、お会いできれば幸いです。

ウナミサクラ

本作品は書き下ろしです。

ラルーナ文庫

この本を読んでのご意見・ご感想・ファンレターなどお待ちしております。〒111−0036 東京都台東区松が谷1−4−6−303 株式会社シーラボ「ラルーナ文庫編集部」気付でお送りください。

魔大公《またいこう》の生《い》け贄花嫁《にえはなよめ》

2018年3月7日　第1刷発行

著　　者｜ウナミ サクラ

装丁・DTP｜萩原 七唱

発 行 人｜曺 仁警

発 行 所｜株式会社 シーラボ
〒111-0036　東京都台東区松が谷1-4-6-303
電話　03-5830-3474／FAX　03-5830-3574
http://lalunabunko.com

発　　売｜株式会社 三交社
〒110-0016　東京都台東区台東4-20-9　大仙柴田ビル2階
電話　03-5826-4424／FAX　03-5826-4425

印刷・製本｜中央精版印刷株式会社

ISBN978-4-87919-014-7

LaLuna

毎月20日発売！ ラルーナ文庫 絶賛発売中！

雷神は陰陽師を恋《れん》呪《じゅ》する

| 雛宮さゆら | イラスト：まつだいお |

陰陽師に成りすました雷神・朱紱に恋着され、
不本意ながらもコンビを組むことになって…

定価：本体680円＋税

三交社